国际动物小说品藏书系

猎 熊 犬

沈石溪◎主编

[美]吉姆·凯尔高 著

郑兴峰 译

时代出版传媒股份有限公司
安徽少年儿童出版社

图书在版编目(CIP)数据

猎熊犬 / (美)吉姆·凯尔高著;郑兴峰译;沈石溪主编. 一合肥：安徽少年儿童出版社,2017.3(2022.5 重印)
(国际动物小说品藏书系)
ISBN 978-7-5397-9460-0

Ⅰ.①猎… Ⅱ.①吉… ②郑… ③沈… Ⅲ.①儿童小说 – 长篇小说 – 美国 – 现代 Ⅳ.①I712.84

中国版本图书馆 CIP 数据核字(2017)第 038833 号

沈石溪 / 主编
[美]吉姆·凯尔高 / 著
郑兴峰 / 译

GUOJI DONGWU XIAOSHUO PINCANG SHUXI LIEXIONGQUAN
国际动物小说品藏书系·猎熊犬

出版人：张　堃　　　策划统筹：陈明敏　　　责任编辑：陈明敏
特约校对：罗瑾玉　　　装帧设计：侯　建　　　责任印制：朱一之
封面绘图：张思阳　　　内文插图：樊翠翠　方　波
出版发行：安徽少年儿童出版社　E-mail：ahse1984@163.com
　　　　　新浪官方微博：http://weibo.com/ahsecbs
　　　　　(安徽省合肥市翡翠路 1118 号出版传媒广场　邮政编码：230071)
　　　　　出版部电话：(0551)63533536(办公室)　63533533(传真)
　　　　　(如发现印装质量问题,影响阅读,请与本社出版部联系调换)
印　　制：阳谷毕升印务有限公司
开　　本：635mm × 900mm　1/16　印　张：11　字　数：103 千字
版　　次：2017 年 3 月第 1 版　　　2022 年 5 月第 14 次印刷

ISBN 978-7-5397-9460-0　　　　　　　　　　　　　定价：35.00 元

版权所有,侵权必究

动物小说的灵魂

沈石溪

　　20 世纪上半叶，西方生物学派生出一门新的边缘学科——动物行为学。传统生物学与动物行为学在学术观念、观察角度、研究手段和考察方法等方面都有显著差异。传统生物学注重被研究者的共性，热衷于调查物种的起源、种群分布的情况，给形形色色的动物分门别类，根据动物的生理构造和特化器官，确定该归于什么纲什么目什么类什么科什么属；分析动物的食谱，解释某种动物与某种环境的依存关系；观察动物的发情时间与交配方式，了解动物的繁殖机制等。动物行为学家对动物的社会结构、情感世界和个体生命的表现投注了更多的研究热情，透过动物特殊的行为方式，从生存利益这个角度，来寻找产生这些行为的原因；在研究动物行为的同时，其严肃理性的目光也注视着人类的行为，在动物行为与人类行为间勾画出一条清晰可辨的精神脉络，给人类以外的另类生命带去温暖的人文关怀。

　　我喜欢读动物行为学方面的书。每当偷得浮生半日闲，躺在摇椅上，捧一杯清茶，翻开奥地利动物学家、诺贝尔生理学或医学奖获得者、动物行为学创始人康拉德·劳伦兹的《攻击与人性》，或者浏览美国生物学家、动物行为学先锋斗士 E.O.

威尔逊的名著《昆虫社会》，或者阅读西方最负盛名的动物行为学家罗伯特·杰伊·罗素的力作《权力、性和爱的进化——狐猴的遗产》，总是深深地被大师们严谨的作风、渊博的知识、犀利的目光、翔实的资料、风趣的语言和无可辩驳的论点所折服，心灵上受到强烈震撼，精神上产生巨大共鸣。我相信，动物行为学具有无限广阔的发展前景，能找出人类行为发生偏差的终极原因，是医治人类社会种种弊端的灵丹妙药，为人类把握正确的进化方向提供了牢靠的坐标。

这也许是我个人的偏爱，有点言过其实了。可动物行为学家们通过长期观察动物生活得到的许多例证，确实对人类社会具有振聋发聩的作用。

例如，关于大熊猫为什么会濒临灭绝，一般认为有两个原因：一是人类大量开荒种地破坏了大熊猫的生存环境，二是大熊猫食谱单一，只吃箭竹，属于适应性较差的特化动物。但动物行为学家却另辟蹊径，经过大量调查研究后认为，大熊猫濒临灭绝除了环境和食谱外，还有另外两个原因：第一，大部分动物都有巢穴，尤其是母动物产崽期间都要寻找一个隐蔽安全的地方当作自己的窝，而大熊猫是典型的流浪者，头脑中没有"家"的概念，它们追随食物四处游荡，吃到哪里睡到哪里，产崽育幼期的母熊猫也同样如此，颠沛流离的生活对刚刚出生的幼崽来说显然是有害无益的，风餐露宿，再加上食肉兽的侵害，幼崽存活的概率很小；第二，丛林里凡生存能力不是特别强，而幼崽又须经过很长一段时间精心养育才能独立生活的动物，如狼、豺、狐、獾、鼠和鸟类等，大多实行双亲抚养制，雄性和雌性厮守在一起，共同养育后代，而大熊猫生性孤僻，雌雄间感情淡漠，发情时雌雄凑合在一块做一回露水夫妻，完事后各奔东西，谁也不认识谁，清一色的单亲家庭，母熊猫单独挑起抚养幼崽的重担，母熊猫通常一胎产双崽，但过的是没有窝巢的流浪日子，不可能一条胳膊抱一只幼崽走路，又没有配偶替它分担困难，只有在两只幼崽中挑选一只抱走，另一只幼崽就遗弃荒野了。单身母亲的日子过得很艰难，遭遇危险时找不到帮手，头疼脑热时得不到照应，稍有不慎，唯一的幼崽便会夭折，繁殖后代、延续生命的链条就此断裂。

反观人类社会，许多人不珍惜温馨的家，把家看作累赘，把家看作牢狱，弃家不顾、离家出走、天涯飘零，去过所谓的潇洒生活，面对大熊猫濒临灭绝的事实，难道还不该及时醒悟吗？再看如今社会上越来越多的单亲家庭独木难支的困窘，是不是也该从大熊猫生存路上艰难的步履中吸取某种教训？

在动物面前，人类常常犯自高自大的错误。人类有一种根深蒂固的偏见，总认为自己是高等生灵，动物都是低等生灵；自己是天地间的主宰，动物是任人摆布的畜生。不错，人类是地球上进化最快的一种动物，会直立行走，会使用语言文字，用勤劳的双手和智慧的头脑创造出了无与伦比的现代文明。然而，人是由动物进化来的。地球上存在生命已有数亿年时间，人类的历史不过几千年，人这种动物在进化成人以前曾经过漫长的动物阶段，动物的本能、本性在人类身上根深蒂固，人类不可能在几千年短暂的进化过程中就把在数亿年中养成的动物性荡涤干净。科学家证实，文化属性与生物属性是构成人的行为的两大要素。人的一部分行为受制于社会大文化,传统势力、伦理道德、风俗习惯、政治说教、宗教戒条、法律法规、民情民风、乡规民约不断修正和规范你的所作所为,迫使你去做这件事而不去做那件事,这就是人类行为的文化动因。人的另一部分行为受制于生物本能,贪婪好色、权欲熏心、天性好斗、自私自利、妄自尊大、好逸恶劳、贪图口福、嫉妒心理等负面因素又时时让你产生难以抑制的冲动,驱使你去做那件事而不去做这件事,这就是人类行为的生物动因。假如某人的行为既出于合理的生物本能,又符合社会大文化的要求,他就是一个真实自然的好人;假如某人的行为完全抑制生物本能去迎合社会大文化的苛刻要求,存天理灭人欲,他就是一个虚伪矫情的假人;假如某人的行为放纵生物本能,弃社会大文化于不顾,他就是一个凶残狠毒的坏人。有一个观点认为,人类一半是天使一半是魔鬼,讲的就是这个道理。

动物行为学剖析发生在动物身上有利于生存的、合理的、善的行为准则,让人类学习借鉴,变得更像天使;揭示发生在动物身上不利于生存的、荒谬的、恶的行为准则,让人类铭记教训,更自觉地远离魔鬼。

曾有某药物研究所做过这么一个令人发指——不——是令动物发指的实验:为了证实某种戒毒药物是否有效,人们给一只红面猴注射了毒品(实验本身就证明了人类对待动物是何等霸道、残忍和阴险。人类自己心灵扭曲得还不够,自己被海洛因毒害得还不够,还要把罪恶强加在无辜的动物身上)。两三次后,可怜的红面猴就成了吸毒者,一见到穿白大褂的管理员，立刻就会从铁笼子里伸出手臂，哀哀叫啸，恳求人们替它在静脉血管上打针。倘若人们不满足它的要求，它就会用自己的脑袋撞铁笼子，撞得头破血流也在所不惜；假如还不能达到目的，它就咬自己的爪子和身体，把自己咬得满身血污。一旦人们掏出注射器，它就会跪伏在地下，猴嘴从铁栏杆间伸出来，谄媚地亲吻管理员的裤腿和鞋。过去它在动物园生活时曾被热水瓶里的开水烫过一下，由于条件反射，平时最怕看见热水瓶了，远远看见有人提着热水瓶走过来便会吓得躲起来。有一次它毒瘾发作，手臂从笼子里伸出来，工作人员提着热水瓶来吓唬它，它竟然无动于衷，将开水淋在它的手臂上它也不肯把手臂缩回去。这只雄红面猴被买来做实验品前，曾与一只雌红面猴相好。据动物园饲养员介绍，这对红面猴青梅竹马、卿卿我我，感情很甜蜜。饲养员把那只雌红面猴牵了来，把雌雄两只猴子关进同一只铁笼子，希望能由此减弱雄红面猴对毒品的过分依赖。它们分开也不过二十来天，天涯苦相思，意外又重逢，正所谓"小别胜新婚"，那雌红面猴见到雄红面猴，激动得浑身颤抖，恨不得立刻与之紧紧拥在一起，但雄红面猴却面无表情，冷冷地瞥了对方一眼，就像看到一只陌生猴一样没有任何反应。过了一会儿，雄红面猴毒瘾上来了，哈欠连天，鼻涕口水滴滴答答，抓住铁栏杆使劲摇晃，发出哀叫声。管理员从甬道走过来，雄红面猴迫不及待地将手臂从铁笼子里伸出去。雌红面猴出于好奇，也趴在笼壁上看热闹。雄红面猴大概以为雌红面猴要同自己争抢毒品，勃然大怒，揪住雌红面猴，穷凶极恶地大打出手，下手比打冤家还狠，啃下一口口猴毛，抓出一道道血痕。要不是管理员闻讯赶来，打开铁门救出遍体鳞伤的雌红面猴，后果不堪设想。雄红面猴被人类强行注射毒品后的行为表现，与人类社会的瘾君子如出一辙，丝毫没有区别，同样丧失理智、丧失人格、丧失自尊，感情冷漠，道德沦丧，成为一具地地道道的行尸走肉。

实验的结果颇出人意料又耐人寻味，戒毒药物也不起什么作用。由于过量注射海洛因，雄红面猴奄奄一息，整整两天不吃不喝，有气无力地躺在地上，眼皮耷拉，连叫都叫不出声了，只有那条布满针眼的手臂还顽强地伸出铁笼子，手掌朝上，瑟瑟发抖地做乞讨状。药物研究所决定给它注射最后一针大剂量毒品，减少它临终前的痛苦，让它在虚幻的快感中结束生命，也算是人类的一种仁慈；同时也决定，将那只雌红面猴牵来继续做相同的实验。

拿着注射器的管理员和那只雌红面猴几乎同时来到铁笼子旁。雄红面猴混浊的眼光落在雌红面猴身上，就像快要燃尽的炭火被风一吹又短暂地烧旺，那双垂死的眼睛里骤然发出一道骇人的光芒。就在管理员的针头快要刺进雌红面猴静脉血管的那一瞬间，雄红面猴奇迹般地"复活"了，它伸出铁笼子的前爪突然抓住管理员的手腕，把那手腕拖进铁笼子里去，张开嘴，一口咬住管理员的手掌。管理员撕心裂肺地惨叫起来，那只灌满毒品的注射器掉在地上，摔得粉碎。人们赶紧来帮管理员，七手八脚地强行将猴嘴撬开。雄红面猴已经气绝身亡，那双猴眼却还瞪得溜圆，一副满腔怨恨、死不瞑目的可怕模样。雄红面猴在生命的最后一刻幡然醒悟，天良发现，为了抗议人类的暴行，也为了不让自己所爱的雌红面猴步自己的后尘，做出了一只垂死的猴子所能做出的反抗行为。较之人类社会那些执迷不悟、心甘情愿地在毒品的泥潭里越陷越深的瘾君子和那些为了自己发财致富而不惜将千家万户推入"火坑"的毒贩子，雄红面猴似乎更配"人"这个高贵的称呼。

人和动物之间并不存在不可逾越的鸿沟，人和动物之间的差别也并没有我们想象的那么大。在某些领域，人和动物的差距是微乎其微的，仅仅隔着一根头发丝的距离。稍有不慎，人就有可能变得像动物一样，甚至还不如动物。

我们只要用心去观察，就不难发现，在情感世界里，在生死抉择关头，许多动物所表现出来的忠贞和勇敢，常常令我们人类汗颜，让我们自愧弗如。

这就是动物小说的灵魂，这就是动物小说能超越时间和空间，为世界各地不同民族、不同肤色的一代又一代读者所喜爱的原因。

是为序。

目 录

第一章
老 乔

一个星期五的晚上，时间是 9 点 20 分，当夜晚的月光悄悄地褪去后没多久，有一只猫头鹰站在那棵巨大的空心美国梧桐树的最高的树枝上。它看到老乔正从窝巢里不紧不慢地挪出来。

这是一棵岁月悠久的美国梧桐树，树根扎在一块泥潭旁边的砾石里，周围布满了变幻莫测的流动沙洲。它的底部直径足足有 5 英尺宽，而且，不像其他树那样越往上长越细，树干自下往上差不多一样粗。从地面到第一个树杈的高度就足足有 25 英尺。猫头鹰透过枝叶往下看，它看到老乔的窝巢的入口是一个位于树杈中央的黑洞。

猫头鹰不知道那个黑洞被东西填满的确切时间，反正一转眼，老乔就从巢里爬了出来。这让它感到紧张和不安。因为猫头鹰在很早以前就知道：要了解出现的是什么动物，首先要记住它所出现的具体时间，这是一种生存的智慧。而它竟然不知道老乔是何时出现在洞口的，于是被这突如其来的情况吓了一大跳，赶紧拍拍翅膀，打算振翅高飞。

但一眨眼的工夫，它就恢复了理智，迅速地平静下来，恢复正常状态，保持警惕。猫头鹰本身就是著名的掠夺者，但与这只老浣熊一比较，就显得有些自惭形秽了。只见老浣熊将脸凑到窝巢的入口处，顷刻间入口就被它的脸所填满，而它黑色的鼻子在风中颤动着，好像在捕捉着夜色中的气息。

老乔当属科里皮山上最强壮的、最机灵的、战斗力最强的浣熊。十二月中的那场寒冷的小春雪已经将整个丘陵地带都覆盖了，还顺带冰封了所有的池塘和小溪。从那以后老乔就开始在这棵空心的美国梧桐树里冬眠了。但是现在是一月份了，冰雪开始融化，它不可能再继续睡了。

老乔缓缓爬出来，一屁股坐在了那个大树杈上。它魁梧的身躯看上去甚是惊人，从鼻尖到尾巴尖，大约有 36 英寸。它站起来时，从脚到肩膀就足足有 13 英寸高。它的皮毛从浅灰色渐变成深黑色，像丝绸一样柔滑并反射

着光泽。

一旁的猫头鹰对隐藏在这只浣熊皮毛之下的本性可是一清二楚，它有时是一个鬼鬼祟祟的窃贼，有时变身为凶神恶煞的魔鬼，有时却又像个单纯而淘气的孩子。

猫头鹰选择展翅飞走了，毕竟和身手不凡的老乔过招的经历，它现在仍然记忆犹新。

其实那天晚上，老乔在进行掠夺之前就察觉到了从窝巢里爬出来的猫头鹰，可是老乔都懒得抬头看它一眼。猫头鹰在小型动物中已经十分恐怖了，但是对于生来就懂得掠夺知识并将其融会贯通发展成为一种艺术的老乔来说，自然无需把它放在眼里。当然，如果老乔没什么重要的事要做，倒也乐意将猫头鹰的巢穴抢劫一空。如果运气好能找到猫头鹰伴侣所产的蛋的话，它会毫不客气地饱餐一顿。可是，今晚它还有一桩火烧眉毛的事需要去解决。

所有的掠夺者都免不了在丛林中树敌，老乔知道暗地里很多敌人都在密谋着如何将它打垮，因此露面前的第一要务是先将它的鼻子从窝巢里面慢慢地伸出来，解读风儿传送过来的讯息。当它确定既不需要躲避什么，也没任何旗鼓相当的对手需要它与之斗智斗勇时，它才会放心地出来。夜晚的风儿令它莫名兴奋，唤醒了它体内愈发热烈的渴望，传达着来自外界的诱惑。

昨天夜里，一阵刺骨的寒流随着北风席卷而来，树木像遭到炮火轰击那样，纷纷在风中无力地断裂。但是今晚，风儿又从温暖的南方吹过来，冰雪覆盖层开始坍塌下陷，堆积在美国梧桐树枝头上的雪已开始融化，顺着树干滑了下来，滋润了边上的小溪。冬天还没彻底地结束，但是它的苏醒已经成了万物恢复生机的最佳理由。

老乔开始执行它的第二项任务。科里皮山上的冬天有它自己独特的凛冽，之前能让老乔安睡的那棵空心树干虽然又温暖又舒适，但现在却使它的一身软毛凌乱不堪。每个爱整洁的浣熊都无法忍受自己的邋遢，老乔也不例外，它开始像只一丝不苟的猫儿般细心整理起身上的软毛。

这棵美国梧桐的窝巢背后其实还大有文章。因为生活在科里皮山上的人们大多数是小农户，他们住在这里是因为他们喜欢偏僻的森林地区胜于喧嚣的地方。打猎在这里是一项热门的娱乐活动。老乔曾多次被那群疯狂的猎犬紧紧地跟在屁股后头，但每次都能顺利地躲过它们的追捕。

在后面有猎犬追捕的情况下，无论是哪一只浣熊都不可能明确地知道下一步该怎么做，怎样才能使自己不会成为一块皮毛，以及被猎人们钉在牲畜棚的旁边或者成为烤箱里的浣熊肉。猎犬虽然不会爬树，但是跟它们

猎熊犬

一起来的猎人们一定带着灯、猎枪和斧头。一般情况下，浣熊会寻找一棵实心的树来隐藏自己，空心的树容易在猎枪的射击下或猎犬的撞击下断开，脆弱的躯干在斧头面前更是不堪一击。

因此如果被猎犬纠缠不休地跟在屁股后头，那棵梧桐树就成了最理想的选择。它底下的泥沼是流动的沙洲。了解这个泥沼的特点并能稍加利用的话，任何事情都会朝着绝对安全的方向发展。老乔对此了如指掌，不过显然大多数猎犬并不知情。它们往往会沉迷于追捕的游戏，结果不顾一切地向前猛冲，便一口气冲进了这个等待着所有猎熊犬的泥沼里。

就算有些优秀的猎犬能来到梧桐树下，老乔也依旧稳如泰山。那些能轻易地将一些小树推倒的猎犬，面对这棵巨树也只会畏缩不前，束手无策。要想爬上这魁伟的树干，在没有配备攀爬工具的情况下根本办不到。

曾有人尝试过攀爬或砍伐这棵梧桐树，但到目前为止尚未有一人成功。这棵树上还藏着一个秘密的逃生通道。第一个树杈上方西侧有一根分叉，它向空中伸展着，在到达难以承受大浣熊重量的细枝末端之前有长达30英尺的坚实枝干。一根非常结实的树枝斜靠在一块很高的石矶上，这里就是通向一条地下隧道的入口。这条隧道有两个出口，一个出口是通向一片复杂的灌木丛的，另外一个出口是通往一个沼泽的。老乔已经验证过很多次，它可以从悬伸的树枝直接跳进那条隧道的入口。

到目前为止，尽管大多数科里皮山上的浣熊猎人都知道老乔走投无路的时候，会爬上这棵巨大的美国梧桐树，但是没有人会想到它原来一直待在里面。因为从地面往上看，一点儿都看不出梧桐树干是空心的，加上没有一个人曾破天荒地爬上过这棵树，所以也没法发现那个位于第一树权上的窝巢入口。人们一般都认为老乔一旦爬上了树，肯定会通过其中一根向外悬伸在泥沼上空的树枝爬出来，并顺利降落到地面上。

但也并不是所有山上的浣熊猎人都相信这点。梅里·卡森和另外一些猎人就认为：老乔一定是爬上了梧桐树的最高枝之后，就长出一双翅膀轻松地飞走了。这些猎人都有非常优秀的猎犬，它们能凭着气味，一路跟踪老乔，并来到它所在的梧桐树下。

老乔整理了很久自己的仪表，直到最后一根软毛都极其完美地被放在适当的位置上，它才心满意足地准备出发。老乔从树洞里慢慢向外爬，熟练地通过一个天然的楼梯，这条路好像是造物主专门为它准备的。

让我们把时针拨回到很久以前的某天。一道闪电将梧桐树劈裂了，裂痕从第一个树权开始，一直延伸到地平面。很多年以后，树皮慢慢生长，梧桐树神奇地自我治愈了，只留下了一条裂缝。裂缝很小，但是对于老乔来说，这已经足够了。

老乔用像人类手掌一样的前爪抵住裂缝的一侧，然后侧着身子，把后爪伸进裂缝中，潜心寻找。不久它的后爪就抓到了一个握把，头朝下试着滑落进去。它那有力的爪子抓得牢牢的，但其实它一点都不担心从高处摔落。因为从比较高的树枝上跌下去或自己跳下去对它来说已经是家常便饭了。每次都降落在坚硬的地面上，可是它从来都是毫发未伤。

它在慢慢地下降，正如自己所预料的一样。快接近地面的时候，它停顿了一下，伸出一只前爪去抚摸那些正在化冻的冰雪。空气中的严寒还没完全褪去，老乔在风中瑟瑟发抖，却依然是一副乐得自在的模样。

说起来，老乔纯属是大自然的鬼斧神工之作。刚开始的时候，自然之母在脑海里勾勒出一只小熊的轮廓，然后又决定将海狸和水獭的部分特征融合进去，直到最后一分钟，猴子也成了自然之母的创作素材，她还有一些独到的奇思妙想。因此，老乔生着熊一样厚实的后爪和猴子一样灵巧的前爪。通常来说，树是安居之所，但是它在水中也能惬意地找到属于自己的生活，而且在水中的生活时间并不少于在陆地上度过的岁月。老乔最后一次在柳树河里游泳的时间是在河水结冰前一天的晚上。这样想起来，上一次洗澡几乎是猴年马月的事情了。

老乔终于安全地降到地面了，它将两只前爪伸进湿透的冰雪里，而两只后爪却在雪地里划动，让身体在雪地里不断地翻滚。当它停止翻滚并站起来的时候，全身的软毛已经湿透，可是它感到热血沸腾。

接下来应该做的事是理理身上的软毛，老乔在离它最近的那些树的树干上不停地摩擦起来，它是用这样的方式来将软毛理顺的。凭它的智慧，它绝不会回到梧桐树那边做这样的事，毕竟很久以前，它就知道任何摩擦过的地方都会留下毛发，留在树上的浣熊毛将泄露它的行踪，继而让它身陷险境。因为即使是一个浣熊猎人中的新手都懂得把毛发当作追捕它的重要线索。整理好自己后，老乔一个俯冲，潜进了一个烂泥潭里，四处飞溅的泥点让它兴奋不已。

老乔也知道这样做会留下它的足迹，但并不碍事，今天晚上它没打算回梧桐树里睡，而且接下来的许多个晚上也都可能不会回去。浣熊留下的足迹只意味着有一个浣熊曾经从这里经过而已。此外，当冰雪融化的时候，泥潭中的痕迹也会随之消失，可是附在树皮上的毛发是不会凭空消失的。

随后，它又开心地继续着自己的旅程。

尽管老乔几乎有七个星期没吃东西了，可是对它来说，饥饿并不是最要紧的事。它从来不会仅仅因为饥饿就从那棵梧桐树里的窝巢爬出来。还有别的东西驱使着它，那是一种难以抵抗的欲望。老乔现在所进行的活动是它所有活动中最重要、最能激发它的兴趣的一项，并且只要一有时间就会开始。这个夜晚如此温暖，它一定要出去走走，它厌倦了无所事事地待在那棵梧桐树里的生活。

老乔一头扎进了寒风里，它对什么都充满了好奇，左顾右盼地四处走动，但始终向正南方前进着。它走呀走，突然发现一只雄狐挡在了路上。老乔没理它，继续向前走，甚至连弯都没拐一下。狐狸向着老乔露出了它尖尖的利牙，咽喉里发出威胁的声音，但在最后一刻，狐狸还是忍气吞声地让了路。

老乔把科里皮山视作自己的领土，不过将来也十有八九是属于它的。它喜欢去哪儿就去哪儿，从不畏惧其他动物。只要是老乔向往的探险之地，就算是跟它共享科里皮山的远房表兄妹们——黑熊也没办法阻止它的行动。尽管黑熊身型比它大、力量比它强；但是它们都没老乔身手敏捷，在水中也不如它灵活自如；而且它们还不知道，老乔在两岁之前就已经为自己开辟了多处藏身之所。

在科里皮山上，除了配枪的猎人，还没有什么可以被称作老乔的对手。对付猎人虽不能以硬碰硬，但是可以用计谋巧妙地与他们周旋，因为一味地以血肉之躯战斗是永远也战胜不了子弹的。老实说，猎人反而能为老乔那千篇一律的生活增添点趣味儿。因此，老乔往往很欢迎那些总是追在它屁股后面的猎人和猎犬们。

在离那棵美国梧桐树有四分之三英里远的地方，老乔停了下来，仔细地检查着，看看是否有新情况。

梧桐树下的泥沼里的冰雪还没有融化，但是柳树河里已经有一些地方化冻了，水从覆盖在表面的冰块裂缝中溢出来，涌向两边的河岸。在离老乔鼻尖不足 6 英尺远的高丘上，有三棵孤零零的柳树，似乎在风中瑟瑟发抖。平日里，高丘十分干燥，但是现在柳树河里溢出来的水将它团团围住了，高丘变成了一座小小的孤岛。

发现了这座孤岛，老乔变得欣喜若狂。于是，它以一个有力的俯冲潜进了水里，水面上只剩下层层涟漪。老乔轻松地游到对岸，爬上了那座高丘。它开始在每棵柳树上不停地摩擦，这让老乔觉得很舒服，就像在享受一种高级按摩似的，它嘴里发出了满足的哼哼声。一番玩耍后，它从高丘的另一边跳了下去，跳进从结冻的柳树河溢出的水里。刺骨的寒流并没有让它退却，它轻快地爬上了对面的河岸，并在那短暂驻足。

那只狡黠的猫头鹰停在美国梧桐树的最高枝上，从看到老乔从窝巢里爬出来的时候，它就已经察觉到这只浣熊是窃贼与恶魔的化身，也是玩世不恭的顽童。但它有所不知的是，这三种角色主要取决于环境，在特定的情况下，老乔会完全撇开另外两种角色，全力充当其中一个角色。此刻，河对岸的老乔只是个单纯淘气的顽童。

老乔对科里皮山的一切了如指掌，包括每个农场的具体位置；每个农场主及其家人的相貌特征；每个农场里所种植的园林植物和生长的作物有哪些；还有家禽的种类和数量。这些它都能够倒背如流。

在离柳树河边 6 英尺远的地方有一排带刺的铁丝网，这排铁丝网是芒地农场边界线的标记。铁丝以内的地方都是芒地农场的地盘。它的所有者是阿瑟·芒地，他和十三岁的儿子生活在一起。他儿子的名字叫哈罗德·芒地，大家都习惯叫他哈奇。阿瑟·芒地的妻子在七年前就已经不幸去世。

接下来要重点介绍的是那只名叫贝苏的蓝斑猎犬。贝苏是一只了不起的猎犬，它能一路追踪老乔到那棵巨大的美国梧桐树下。能做到这一点的猎犬并不多，贝苏是其中一只。可是这点并没给老乔留下多深刻的印象，也不会让老乔对阿瑟·芒地和猎犬贝苏产生任何特别的恐惧。

老乔集中精神想了片刻，它的舌头不由自主地在嘴唇上舔弄着。阿瑟·芒地拥有一些马、一些牛和一些猪，除此之外，他还有一些鸡。在离开那棵美国梧桐树的时候，老乔并没有多饿，而且它也没想到有机会打败阿瑟。想到这里，老乔再次舔了舔它的嘴唇。芒地农场上那群肥美的鸡仿佛就在眼前，它的肚子突然咕噜咕噜地叫了起来。

下定决心的老乔毅然离开柳树河岸，爬过铁丝栅栏。它不需要偷偷摸摸地溜进去，也不用再三踌躇，因为此刻它已经占尽了天时地利的优势。淡淡的娥眉月将月光洒在老乔的身上，在它背后拉出了长长的黑色影子。它断定阿瑟此时应该在他的家中做着甜美的梦，猎犬贝苏也应该靠在门廊上睡着了。毕竟在冬天的夜晚，没人能提起兴致去追捕浣熊。

老乔大胆地前进着，正在化冻的雪地上只发出轻微的沙沙声。它的分析是正确的，房子漆黑一片，阿瑟·芒地和贝苏还沉浸在梦乡里。牛和马在畜棚里的小隔间中慢吞吞地踱步，而猪正在猪圈里呼呼大睡呢。

老乔直接向鸡棚走去，不禁又舔了舔它的嘴唇，因为那些正在熟睡的肥美的鸡的香味已经钻进它的鼻子里了，引诱着它，刺激着它的神经愈发兴奋。

老乔不再犹豫，它直接走向那扇鸡进出的小门。那是一扇滑门，可以抬起来或者降下来的那种，老乔非常熟悉这种门的结构。它首先将一只前爪探进门的下方，一下子就把门抬了起来，然后迅速地钻进了鸡棚，滑门在

猎熊犬

它背后合上了。

阿瑟·芒地家的鸡棚的内部结构跟科里皮山上其他人家的鸡棚一样，是老乔熟悉的那种常见的结构。它敏捷地爬上鸡窝时，发现了一只白色的肥母鸡正在鸡窝里昏昏欲睡。当肥母鸡发现身后有异动的时候已经晚了，老乔张开它的嘴巴，一口咬住了母鸡的喉咙。一连串的动作几乎可以用温柔来形容。接着，它带着战利品轻轻地跳到地面上，然后用和之前同样的方式钻出了鸡棚，与来时一样不留痕迹。

在返回柳树河的半路上，老乔换了个姿势试图更好地夹紧那只肥母鸡，可是它不够细心，让那只肥母鸡有机会发出了它生命中最后的一声低鸣。

一声低沉的鸡叫已经足够让睡在门廊上的猎犬贝苏醒来，它正确地解读了叫声的含义。贝苏是一位悄无声息的追捕者。一般来说，在猎物挣扎叫嚷之前，合格的猎犬是不会发出任何声音的。于是听到鸡叫的贝苏迅速站了起来，跑到农场外面，在黑夜里疾速穿行着。

老乔显得镇定自若，因为慌张跟它高贵慵懒的气质一点儿都不相衬。它离开窝巢的目的并不是为了跟一只猎犬嬉戏，而且它有最简单直接的方法可以来摆脱贝苏。

老乔向柳树河走过去，嘴里仍紧紧地叼着它的肥母鸡。它来到河边纵身一跳，扑通一声投进了水里。游了一会儿后，它在离柳树河半英里远的地方停了下来，从容不迫地享用起那只肥母鸡。饱餐一顿后，老乔没有歇息，而是向一片沼泽走去。

在沼泽的深处，老乔找到了它的目的地，那是一棵空心的橡树。这个巨大的老橡树跟它之前的梧桐树一样粗壮。老乔迅速地爬进了树洞，不料，树洞里正躺着一只母浣熊。母浣熊很早之前就选择了这棵橡树作为它冬天的窝巢。它被老乔的突然闯入惊醒了，它咆哮着咬向老乔的鼻子。

虽然是铩羽而归，但老乔也誓不认输。于是，它在附近的岩石堆里找到了另外一个窝巢。在这里，它琢磨起一个符合现实情况的作战计划。

第二章
哈　奇

　　傍晚 5 点 20 分，正好是那只看到老乔从窝巢里爬出来的猫头鹰被老乔吓跑的 4 个小时之前，哈奇·芒地正蹲在奶牛的臀部附近挤牛奶。他一边挤牛奶，一边偷偷地暗中观察，想知道爸爸是不是正躲在角落里用严苛的目光监视着他。

　　唉，果不其然，爸爸真的正在看着他呢！他长长地叹了口气，只好埋头继续工作。

　　阿瑟对挤牛奶的方法和儿子为人处世的方式都有着严格的要求。当父子俩争论无效时，他会直接用宽大的手掌来强制执行自己的观点。哈奇再次叹了一口气。那头身上长满斑纹的老奶牛——伯林杜，是芒地家的五只奶牛中最不起眼的一只，甚至可以说，是所有奶牛中最不起眼的一只。它的乳头是身体上最惹眼的部分，就像被遗弃在雨里淋湿后，又被太阳晒干的鹿皮手套上的指套一样。要从她身上哄骗出最后一滴奶液，或许没有从岩石里挤出苹果汁那样难，但是难度肯定仅次其后。

既然没法子逃避这可恶的挤奶任务，哈奇开始想象别的事来尽量轻松地消磨时间。他想到了那转眼即逝的令人欣慰的冬天景象。毕竟冬天是他最喜欢的季节之一。冬天虽然比不上秋天，在秋天，田地里的玉米都成熟了，风儿一吹，田野里一片沙沙声，还有猎狗们四处嗅着，察看是否有浣熊的气味。因为那些浣熊总是喜欢突然袭击田地里的玉米垛。冬天也不能跟早春相比，早春的时候，鲑鱼在已解冻的溪流里自由地游来游去，那时土地湿漉漉的，还不到翻耕的节气。

但是比起晚春和夏天，冬天要美好多了。晚春和夏天总有永远都做不完的农活，任务一个比一个糟，只有绞尽脑汁地想办法，并且拿出男子气概来做好回家承受惩罚的思想准备，他才有机会偷偷地溜出去钓一阵鱼或游一会儿泳。

哈奇垂着头，在老奶牛伯林杜的腹侧挤着牛奶，可是他的心思早已从牛奶身上飞到远处的群山上了。

一幅画面浮现在他的脑海中：昨天他手里拿着猎枪，花了相当长的时间在雪地里跟踪一只山猫。步行的人们

追不上同样是步行的山猫，这是个不置可否的事实。但是不可否认的是，尽管它们很机警，知道什么时候被追踪，也知道追踪者什么时候不再跟随，但追踪者突然停止追踪会轻易地点着它们脑里的那把火。

如果山猫被猎人追踪，它们一旦察觉到，只需要用不停地奔跑来逃脱就可以了；但是如果追踪者突然停了下来，山猫的计划就会被打乱，然后它们会在脑中猜测着各种各样的埋伏，还有狡猾的陷阱，最终陷入狂躁之中，丧失了理智。它们只会沿着自己来时的路径往回走，弄清楚究竟发生了什么事。再接下来，猎人们什么都不用做了，他们只需要一开始就把山猫激怒，然后守株待兔就行了。

哈奇已经等了很久，想着哪里出了差错，或许他所跟踪的那只山猫还没完全发狂。因为它虽然回来了，但是它并没有不顾一切地急于找到哈奇。哈奇瞥见那只山猫正想跨过一条水沟，那条水沟离他有 600 英尺远的距离，远远超出了猎枪的射击范围。如果他手里有把来复枪该有多好啊！

可惜，那终究是幻想。他上次溜进阿瑟的房间里拿了一把来复枪，可不幸的是被他爸爸发现了，连人带枪被捉了回来，接着就是一顿凶狠的殴打。那次阿瑟不是用他的手掌抽，而是用一根山核桃木做成的棍棒狠狠地修理了哈奇一顿——那种滋味是如此刻骨铭心，就算一个人能活到比杜百里洛山上的岩石还要老的年龄，他也不可能忘记被山核桃木做的棍棒打过的滋味。

不甘心的哈奇只好放任自己沉醉在美梦里——

有一天，哈奇沿着柳树河散步，突然不小心踢翻了一块岩石。岩石的下面金光闪闪，原来是一只装满了金币的麻包袋。那些没记性的强盗将这些金币埋在了那里。随着时间的流逝，他们也就忘记了这个事。哈奇欣喜若狂，他慌忙将金币捡起来，然后带着它们急急忙忙地赶到城里。在城里，他买了一把来复枪。这把来复枪跟他爸爸那支旧式的来复枪不一样，它是一把造型优美的新式拉栓式步枪，其枪把上有精美的雕刻图案。当他将枪带回家时，阿瑟反而不好意思地问是否能让他试试这把猎枪。"不，爸爸，"哈奇听到自己这样说，"不是我看不起你，而是这把来复枪是专门为我这样优秀的猎人打造的。"

阿瑟的出现打碎了哈奇的美梦："你都做完了，哈奇？"

哈奇连忙将头抬起来，看着站在他身旁的父亲说："是的，爸爸。"

"让我瞧瞧。"

阿瑟在老奶牛伯林杜旁边坐了下来，哈奇舒了一口气。每当哈奇再也挤不出他手上这头奶牛身上的最后一滴牛奶时，接下来那只奶牛一定会被阿瑟榨得干干净净。阿瑟挤牛奶的经验非常丰富，因此他从不屑于认同哈奇做的任何事。

"好了，我们今天就做到这吧，关门了。"阿瑟说。

哈奇听到爸爸这么一说，马上兴奋地站起来，转身向外走。从牲畜棚出来后，哈奇快步走在爸爸的前面，他贪婪地深呼吸一口，感受着空气中温柔的气息，他似乎永远都吸不够这样的空气。阿瑟关上了牲畜棚的大门，并将门锁上了。这时，哈奇转过身来面对他的爸爸。

他兴高采烈地说："爸爸，这是融雪的风！"

"是的。"

"可还不是一场大解冻。"

"是呀，还不是时候呢。"

"爸爸，您觉得这阵解冻的风会将浣熊吸引来吗？"他好奇地问。

阿瑟沉思了一会儿，关于浣熊的问题，他都需要三思之后才能回答。

"我不敢肯定，"他最后说，"没准儿有一些浣熊会出来徘徊，而有些却不会。"

的确如此，尽管这样的回答显得有些无趣，可哈奇觉得它是一个切合实际的回答，于是深深地吸了一口气。空气马上装满了他的胸腔。但仅凭一个无聊的回答，就想要拉住哈奇想象力的缰绳还差了点。在与浣熊有关的学问上，即使是经验最丰富的猎人也不敢跟阿瑟争辩，因为他比任何人都熟悉怎么和浣熊打交道。但是在这样一个平淡无奇的傍晚，对于哈奇来说，想象却是如此重要！

他们迎着晚风，在牲畜棚的周围逗留了一会儿，哈奇的身体直直地站在那里，可是他的灵魂却早已飘到了远处的天堂山——

天堂山，现在人们都这样称呼它。它是比杜百里洛山还要高十倍的最高峰。站在它的制高点放眼望去，哈奇看到一大片一望无际的森林绵延起伏于群山峻岭之间。

山上的每棵空心树里都栖息着一只浣熊。所有的浣熊似乎在同一时间收到了同样的信号，顷刻间，它们全都从树洞里爬了出来，满山遍野都是浣熊的身影，数不胜数。就算一个猎人日夜兼程地追捕上一千年，想要全部剿灭它们也几乎是不可能的事。

此时此刻的场面是如此令人欣喜若狂，接着，大森林的深处响起了猎犬贝苏响亮的吠叫。它用自己的方式警示着主人:它发现了一只浣熊的踪影！

在听到贝苏叫声的瞬间，哈奇就迅速行动起来。他穿梭于参天大树之间，顺着声音的方向寻过去。当他赶到现场时，猎犬贝苏正在竭尽全力地攀上一棵巨大的梧桐树。这棵梧桐树相当魁伟，即便十个人手拉着手也不可能完全抱得住！哈奇举起手里的灯往树上一照，眼前出现的不是一只普通的浣熊，而是一只浣熊王！它正坐在树枝上，瞪着那跟火车头上的灯一样大的眼睛。这正是老乔！

　　幻象逐渐消退，剩下的是前所未有的挫败感。幻想终归是虚构的，而事实并非如此。在科里皮山上的某个地方——没有人能够确切地知道冬天里的老乔究竟睡在哪里，这也让老乔身上又笼罩上了一层神秘的色彩。假如今天老乔真的在外面徘徊呢？假如猎犬贝苏真的在那块小林地上将老乔赶上了那棵大梧桐树呢？假如哈奇真的——想到这里，哈奇再也沉默不了了。

　　"爸爸，"他问，"老乔在科里皮山上究竟生活了多少年？"

　　任何人发表关于浣熊的言论前都需要掂量一会儿，连经验丰富的老猎人也不例外。阿瑟足足沉默了90秒，神情严肃地说："那应该是一段相当长的历史了，哈奇，一般情况下，一只浣熊如果没遇到陷阱，也没有挨过猎枪的子弹，并幸运地躲过了所有猎犬的獠牙，它顶多能

猎熊犬

活十年左右。但是我认为这可能只是对一般的浣熊而言，而老乔则是不平凡的。我的祖父曾经追捕过它，我的爸爸也追捕过它，我也追捕过它。它已经将根深深地扎在了科里皮山的土地里，想要捉住它几乎是无稽之谈。"

哈奇反复思索着爸爸的话。

上学是最令哈奇厌恶的事之一，当他一步步踏近那所十字路口的学校时，极度想逃离的欲望也变得愈发强烈，可是他并没有退路。所幸在那里他还受到了一些教育，不过也获得了一些令人困扰的信息。学校里的八个年级都是凯比小姐在管教。凯比小姐是一位非常热心的老师，她非常专注于这一使命：让学校里这些处于成长中的孩子们全部接受自己的教育理念，绝对不能让他们将来和他们的父母一样无知和盲目迷信。

凯比小姐曾经通过列举科学统计资料来证明月球只是地球的一个天然卫星，除此之外什么也不是。所以说，它对地球上的居民产生的影响非常有限。月球引力作用除了引起地球潮汐之外，还有其他方面的影响，但凯比小姐都只是含糊其辞地一带而过，毕竟连她自己也不知道。但是她能肯定月球不会影响人类的生死和命运。

凯比小姐另一讲座的主题是围绕老乔展开的。她说老乔只是一只大浣熊，不过由于她的发音不准，总是将"Coon"读成了"Raccoon"。她说只要想到这里的人说老乔

猎
熊
犬

将在科里皮山上的森林里永远地生活下去，就会觉得异常可笑。她还说老乔的祖先也是一只大浣熊。因此它终归只是一只平凡的动物罢了，像所有凡人一样，它最终也会长眠不醒，而且它养育的后代多半也是体形巨大的浣熊。

哈奇承认她传授了一些有用的东西给自己，但总的来说，父亲似乎在自己喜欢的领域里比凯比小姐知道的要丰富得多。阿瑟的观点来自触摸得到的真实生活，比凯比小姐所说的东西要有趣得多。凯比小姐的知识都是从书本中得来的，虽然描述得精准无疑，但范围狭小得可怜；而阿瑟的学问来自于那一整片辽阔无垠的大森林。

"我们芒地家族在这里扎根有多久了？"哈奇问。

"我的祖父，也就是你的曾祖父，从五十一年前的4月19号开始定居于此。"阿瑟的语气中透露着掩饰不住的自豪。

"那曾祖父又来自哪里？"

"这点他从来没提过。"阿瑟说。

"没有一个人问起过吗？"

"最好什么都不要问，"阿瑟说，"真烦人！好端端的，你为什么一定要知道曾祖父是从哪里来的？"

哈奇此时感到非常困惑，他被绊在了最关键的问题上。曾祖父在五十一年前就建立了芒地农场。现在他是13岁,也就是说芒地家族在哈奇出生前就已经在农场里住了长达三十八年之久。

想到这儿,他的心里也不禁涌上了一种敬畏和自豪感,这让他暂时压住了心中的困惑。原来老乔不是科里皮山上唯一的传说,芒地家族完全可以与它齐名,并有资格声称自己为老前辈。就此而言,猎犬贝苏也一样。它是阿瑟的祖父带到科里皮山上的那群猎犬中唯一一个顽强生存到现在的。但它终将迎来种族的灭绝,除非阿瑟能为它找到一只合适的伴侣,可这件事迟迟没有开花结果。阿瑟觉得如果找不到配得上贝苏的猎犬,那就干脆让这支优秀的血脉灭绝好了。

这时,阿瑟开口说:“我觉得我们还是进去吧。”

“好的,爸爸。”

他们肩并肩地走着,沿着那条泥泞的小道向家里走去。猎犬贝苏听到声响,马上离开了它门廊上的床,热情地扑过来迎接他们。

猎犬贝苏属于中等体形,它身上深色的绒毛里布满了蓝色的斑点和十字形的纹路。它的耳朵孔有被撕裂过的痕迹。这是它与浣熊交战无数次留下的勋章。虽然它的食量大得惊人,但是它身上的每条肋骨都清晰可见。它的腹部很瘦,臀部长满疙瘩。从外表上看,猎犬贝苏的威力连短吻鳄都比不上。

科里皮山上所有的浣熊猎人都希望它就是一条短吻鳄，只要它在追踪浣熊时可以继续完美地执行这项充满了艺术感的任务就可以了。尽管不太专业的观察者可能会断定贝苏连支撑起自己的力量都没有。可是实际上，它曾经消失过长达48小时，那次当阿瑟最终在一棵树下找到它的时候，它正紧紧地抓住一只浣熊，那是一只在它出发两小时之后就遇上的一只浣熊。贝苏是少数曾经将老乔赶上它那棵充满了魔法的大树的猎犬之一。就这方面而言，没有别的猎犬做得比贝苏更出类拔萃了。

可是猎犬贝苏也很不幸，命运仿佛对它下了诅咒。这只天下无双的猎犬本应该已经生了一大窝的孩子了。可是事实上，它至今还没当过母亲。这件事本身就已经够糟的了。更倒霉的是，猎犬贝苏出生在一个风雨交加的夜晚。因此每逢月黑之时，它就会狂躁不安起来。假如它在这种时刻跑出去的话，等待它的只有在黑暗里潜伏着的厄运。

猎犬贝苏走上前去迎接阿瑟他们，跟在他们的脚边一起往屋里走，而哈奇却依然沉浸在他的幻想里。

他突然问他的父亲："您觉得今天老乔会出来徘徊吗？"

"你问这么多到底想干吗，哈奇？"

"我是觉得老乔今天可能会出来徘徊,并到这儿来。然后贝苏会去追捕它,一直追到林地里那棵巨大的美国梧桐下,然后——"

"哈奇!"阿瑟怒喝了一声,"你知道自己到底在说什么吗?"

"怎么了?"哈奇困惑地问。

阿瑟无奈地摇了摇头:"简直不可理喻,哈奇,我真是不明白,难道你忘记了今晚是月黑之时!"

"哦,我忘记了。"哈奇小声说。

"你那脑袋瓜是不是出什么毛病了?"

"那么我们是不是应该把它绑起来?"哈奇问。

"不能将它绑起来,贝苏会受不了的,而且今天晚上不会有浣熊到这儿,"阿瑟肯定地说,"尤其是老乔"。

"但是万一它来了呢?"哈奇说。

"哈奇!你记不住我说的话吗?"阿瑟怒喝道。

"是的,爸爸,你说得对……它不会来的。"

哈奇在床上辗转反侧,他怎么都睡不着,脑子里的想法像回马灯一样接连不断地循环放映着,就这样想了很久,后来他干脆从床上爬了起来,站在那扇打开的窗户前面用心倾听着南风的歌唱。在某些时候,他觉得其实自己也不太了解自己。

去年秋天,一只大雄鹿偷袭卡森农场,被阿瑟和梅

里·卡森发现之后，它拼命地逃了出来。两位老猎人到处找寻它的踪迹。而哈奇对那头雄鹿有一种奇妙的感觉，他的直觉告诉他，它应该会向着猫头鹰山上的杜鹃花丛那边逃跑，而斯普利特岩是前往杜鹃花丛的必经之路。于是，哈奇跑到斯普利特岩上，坐在上面静静地守株待兔。果不其然，不到 20 分钟，那头雄鹿真的从他身边迅速跑过。在这样的距离里，他能轻而易举地将它射杀。

今晚老乔应该不会来，因为阿瑟都说了它不会来。但是哈奇潜意识里总相信它会如期而至，这种感觉如附骨之蛆般挥之不去。直到他不得不上床睡觉的时候，他仍然觉得心绪不宁。

哈奇躺进温暖的被窝，慢慢地进入了梦乡，可是因为心里仍搁着一块没落地的石头，他睡得很不安稳，会经常突然醒过来。他的预感一向很准。当大雁即将从北方飞向南方，或者当雷雨即将划破晴空的时候，即使没听到任何声音，他也能预知接下来会发生什么。今晚他坐在床上时也有一样的预感，他觉得很快就会听到一些动静。结果，事实证明不出他所料！他听到了一只母鸡压抑的叫声。在深夜里，在偏远的农场里，母鸡的叫声只意味着一件事情。哈奇马上从床上跳下去，快步向着他爸爸的睡房走去。

"爸爸。"

"嗯，你有什么事儿吗？"

"我听到一只母鸡在叫。"

"没错，我也听到了。"

于是，他们迅速行动起来，哈奇马上穿好衣服，他手里紧握着那支猎枪，一副整装待发的样子。阿瑟走进厨房，他将灯笼点亮，并从枪架上取下他自己的猎枪，挎着武器向鸡棚走去，哈奇紧随其后。来到鸡棚，阿瑟在鸡平时进出的那扇小门旁边蹲下来察看："你瞧！"他低沉的声音划破了夜晚寂静的空气。

哈奇留心细看，这世界上最大的浣熊的足迹在软绵绵的雪里清晰可见，脚印好像从这扇小门开始，也在这扇小门处消失。顷刻间，哈奇觉得他的胃里好像有一万只蝴蝶在搅动，令他感到痛苦万分！整件事都是他的错！

他说："是老乔。"

阿瑟诧异地看了他的儿子一眼，但是并没有出声。他将灯笼举起来以便更清楚地察看那些足迹。哈奇紧跟在他的爸爸后面，并发现一路上都有猎犬贝苏的足迹，它一定是追捕老乔去了。

阿瑟和哈奇最终来到了柳树河边，他们看到汹涌的洪水正猛力地冲击着两岸，正好在整块冰的边缘处，已经有一块深深地凹了进去。

猎犬贝苏和老乔的脚印都在这里消失了。

第三章
猎犬贝苏

在阿瑟和哈奇进屋之后，猎犬贝苏慢慢地从它那位于门廊上的窝里爬了出来。它的窝是一个椴木做的包装箱，前面割了个洞作为门。门的上面盖着一条马鞍褥，是为隔阻寒风用的。窝里还铺着其他被丢弃的马鞍褥。

在寒冷的夜晚，猎犬贝苏用它的鼻子将那条悬挂在门上的马鞍褥推到一边，它钻进包装箱。它进去之后，马鞍褥在它背后又放了下来。它并不怎么在乎吹得呼呼响的凛冽寒风。今天晚上，它在进行了犬类的传统仪式——转了三次身之后，才安稳地躺了下来。它将鼻子拱到马鞍褥下，将马鞍褥抬了起来，用它将身体盖住，只露出头部在外面。沉入梦乡之前，它发出了一声满足的轻叹，以此来表达它的满足——拥有一个如此舒服的家，是一份来之不易的幸福。

　　猎犬贝苏从来都没想过自己为什么会被生下来，又为什么而活。它仿佛生来就承担着追捕浣熊的使命。而所有浣熊追捕者，不论是两脚的还是四脚的，都认为自己对自己存在的意义了如指掌，活着是件非常值得的事情。

　　贝苏很快就睡着了，在不到 5 秒的时间里，它已飘进了甜美的梦乡，在梦里再次重温了昨日的梦——

　　它在狂热地追捕一只浣熊。那是一只巨大的公浣熊，贝苏发现它的时候，它正在阿瑟的玉米田里得意忘形地大肆抢劫呢，直到贝苏的突然出现粗暴地打断了它的行动。那只浣熊是从远处的山里游荡过来的，前一天晚上就曾有三只猎犬追捕过它。可是它与生俱来的灵巧和迅疾的奔跑速度能够轻松地将猎犬甩在身后。后来它又来到了阿瑟的玉米地，饥不择食地啃着地里的甘甜的玉米，所以根本没留意到站在一旁的贝苏。这只公浣熊就是老乔。

　　贝苏的突然出现惊得老乔不知所措，一时间不知道该如何应对，于是拔腿就跑，脑子中一片空白，只有集中精力拼命拉大它跟贝苏之间的距离！突然间，老乔猛地调转方向，从全速飞奔切换到停止不动。这是它用来对付猎犬的新策略。果然，贝苏没反应过来，从老乔的头顶上一跃而过。

当它准备好重新投入战斗的时候，老乔却选择了一条捷径，朝一个离麦田很近的小池塘跑了过去。老乔在猎犬贝苏前面 6 英尺远的地方，扑通一声跳进了池塘里。当贝苏在老乔背后飞奔的时候，老乔使用了一个很好的策略。这个策略对所有富有经验的浣熊来说都是妙不可言的，因为它能够将猎狗引到水里。等贝苏跳进水里后，老乔就可以敏捷地游过去，并跨坐在贝苏的头上。战斗发生了这种突如其来的转变，如果换成那些技艺不高的猎犬，甚至是部分技艺高超的猎犬都可能会被淹死，但这对于贝苏来说却是小事一桩，它很小的时候就遇到过这样的事了！

当老乔坐在它的头上时，贝苏并没有挣扎着要露出水面来呼吸空气，它故意表现出屈服的样子，同时自己往下沉。老乔没意识到有诈，它还为自己打了一场轻松的仗而沾沾自喜呢，于是，它放开了贝苏。贝苏却从它下面悄悄地浮上来了，出其不意地用爪子一把钳住了老乔的脖子。于是，贝苏又在自己的记分板上刻下了一颗光荣的红五角星。

经历这样令人兴奋的事情是它长久以来的梦想。在漫长的冬天、春天和夏天，当规定不能打猎的时候，它都会不断地幻想着这些情景。它本来可以去大肆捕猎，因为科里皮山上有熊、狐狸、山猫和各种各样的猎物,但是这些动物都勾不起它这只猎犬的兴趣,它只对浣熊有兴趣。它比所有动物都了解浣熊,而且,除了浣熊以外的任何东西它都不愿去多了解一分。

那只鸡的叫声将贝苏从睡梦中惊醒。风是从房屋这边向柳树河那边吹的,因此,贝苏闻不到浣熊的气味,但声音能帮它辨别方向。在这样的夜里,如果听到鸡发出这样的叫声,这无疑是代表着有动物入侵。几秒钟之后,它就踏上了追赶老乔的旅程。

敌人的气味对它而言再熟悉不过了,因为在过去的五年里,它追捕老乔的脚步从未停止,平均每年要跟老乔赛跑六次。但贝苏眼中的老乔跟阿瑟和哈奇眼中的老乔是不一样的。在他们眼中,老乔是一个传说,它的身上有村民们套上的神秘光环,它既是一只浣熊,也是一个传奇。而对于贝苏来说,尽管老乔是它曾追捕过的动物中个头最大、最狡猾和最危险的浣熊,但归根结底不过是一只浣熊而已,能否将它赶上树才是最重要的事。

贝苏顺着声音一路跑,来到柳树河边。河中因融雪引起水流暴涨,洪水在冰面上极速奔腾。虽然贝苏深知洪水的危险性,但是除非浣熊们爬上了某棵树或逃进了对它来说进不去的洞,否则它会毫不犹豫地跟着浣熊到任何地方。因此，它也跟着老乔奋不顾身地跳了下去，而命运跟贝苏开了个大玩笑。

几秒钟前还能支撑老乔安全渡河的冰块，此时却在贝苏的脚下裂开了！咆哮着的洪水将一块大冰块冲裂成四小块，而其中一块冰块被冲起来时，将贝苏头部的一侧擦伤了。如果冰块是垂直地砸在贝苏的头上的话，贝苏肯定已经一命呜呼了。这猛烈的碰撞让贝苏头昏眼花，却并没有让它丧失理智。

猎犬贝苏曾经游过太多的溪流和池塘，与太多的浣熊在水中搏斗过，因此冰块在它脚下崩裂的时候，它迅速抓住了那块没有崩裂的较大的冰块。它用两只前爪牢牢地抓住冰块，然后用两只后爪不停地用力蹬动，在绝望的境地中不顾一切地拼命向冰块顶上的洪流游去。当它终于成功时，它感到头晕目眩，而且刚才为了自救的那场搏斗已经让它筋疲力尽了，它再也无计可施，只能将头从水里伸出来，任由洪水将它带到了两英里外的下游，最后又任由洪水将它冲上了河岸。

历时一个半小时之久，贝苏虚弱到连站起来的力气都没有了。它安静地躺在水流将它带到的地方。不久，一阵不是很清晰但可以察觉到的隆隆声和摩擦声响起。这响声让它警惕起来，便挣扎着勉强起身，时而慢走，时而爬行，向前移动了约一百码的距离，然后退入森林之中，最终昏倒在一棵巨大的松树底下。

清晨，它逐渐苏醒过来，感觉稍有好转，但仍然很虚弱。它脚步蹒跚，但是已经可以行走了，它努力回想着之前发生的一切——昨晚，老乔来过，然后它一路跟着老乔来到柳树河边，并在那里追丢了目标。

它觉得自己的使命还没有完成，要不惜一切代价去完成。于是，执着的贝苏返回柳树河边，满腹疑虑地蹲坐了下来。

夜里，当贝苏还沉浸在睡梦中的时候，冰面坍塌了。流动的冰块堵塞了下游近半英里长的距离，从而临时形成了一条巨大的水坝。夏天的时候，哈奇可以通过石头跨过柳树河上最宽的地方，而现在即使是一只海狸，在游过去之前也要谨慎地考虑一番。

既然已经被冲到了下游，贝苏决定要随机应变。它用灵敏的鼻子在地面上嗅来嗅去，希望能找到返回到五百码远的上游的办法。结果证明这些都是徒劳的。因为冰面坍塌了，贝苏不知道怎样才能找到老乔的踪迹，它甚至对下一步该怎么办都毫无头绪。

它发出了一声哀嚎。又一次让老乔逃脱了，虽然这事儿不会让贝苏特别没面子，君子报仇十年不晚，但既然不能继续追捕，那么能返回芒地农场也行啊！可是，柳树河上奔流而下的洪水却使它望而却步。

猎熊犬

它四处嗅来嗅去，偶然间发现了一条有两磅重的褐鲑鱼。这条褐鲑鱼因被困在细碎的冰块中被洪水冲到了岸上。它走过去，这意外得来的鱼使它饱餐了一顿。食物让它的体力得以恢复，而体力的恢复让它重新燃起追捕浣熊的欲望。

与无可匹敌的敌人战斗根本没有任何意义，眼前被洪水淹没的柳树河里没有任何东西可以作护身之用。贝苏只好踱步回到了森林。按常理来说，它其实可以一直待在那里，找到什么就吃什么，等到洪水退去的时候再返回芒地农场。但是命运，又或者说大自然，那只操控人类和猎犬生活的巨手再次起了作用。

贝苏的出生就是为了追捕浣熊，并且它一直兢兢业业地执行着这项与生俱来的任务。但是它灵机一动，有了这样的想法：渴望邂逅一位英俊的伴侣。

一旦有了想法就会产生行动的动力。因此贝苏开始寻找配得上它的伴侣。以前它经常在这一区域捕猎，它知道在柳树河的对岸再往任何方向走上几英里都有农场。在那里，它不认识任何一家农场，也不认识任何一位养猎狗的猎人，但是它坚信只要坚持不懈地找下去，就一定能和内心渴望和追求的东西相遇。

接下来的三天里它经过了三家农场，遗憾的是守护农场的猎犬都是雌性。现在贝苏正踏上前往第四家农场的路。这家农场比荒芜的空地好不了多少，只有一个小小的牲畜棚。贝苏的突然出现引得农场里那只巨大的爱尔兰王室猎犬不停地冲它怒吼。这只猎犬是如此英俊，相信任何年轻的雌性猎犬一看到它，心都会怦怦直跳。

贝苏在害羞中暗暗期待着，尽管那头威猛的猎犬只表现出想将它撕成几块的样子，但是它知道贝苏在向它求爱。终于它们遇上了，彼此间碰了碰鼻子，并且轻轻地向对方摇摆着尾巴。突然间，贝苏察觉到有个人正向这边走过来。

那是一位年轻的男子，身材比例跟佩尔什公马差不多。他头发蓬乱，看起来起码有六个月没打理过了，至少有三年没有刮胡子。但是当他看到贝苏时，就知道它是一只优秀的猎犬！他早已掌握了驯服一只猎犬的方法。他呼唤着贝苏，极具磁性的声音充满了魔力："来这边，姑娘，来吧，到我身边来。"

贝苏此刻饥肠辘辘，顾不上思索这个头发蓬松的年轻男子有什么可疑的地方，但是主要的原因还在于那只健壮的爱尔兰王室猎犬，此时正在它旁边亲近地踱步。

贝苏毫无戒备地走了过去，这个头发蓬松的年轻男子拿了些东西来喂它。当它全神贯注地解决肚子的饥饿问题的时候，一根绳子悄悄地套上了它的脖子，它都还没意识到发生了什么事，就已经被这个年轻男子给绑起

猎熊犬

来了！贝苏觉得自己将永远被困在这里，再也不能回芒地农场了！

一只大红头丽蝇在贝苏的鼻子边上嗡嗡地飞来飞去，贝苏丝毫不理睬。它将全身伸展开来，在太阳底下打着瞌睡。

当它刚来雷夫·布兰得利农场的时候，树木都是光秃秃的，而现在已是一派枝繁叶茂的景象，枯枝长出了绿色的嫩叶，花儿们在树荫下争奇斗艳。很久以前，鸟儿就停止了相互间用叫声威胁的行为，转而安定下来并专心于筑巢和养儿育女的事情上。

对雷夫·布兰得利农场的第一印象在接下来的事件中得到了证实。雷夫有匹好马，但是它是用来骑的，而不是用来耕作的。除了那匹马之外，雷夫的领地里有家禽还有一些在森林里到处乱跑的猪，直到雷夫需要猪肉时，他才会手持猎枪去将猪赶回来。

今天早上，雷夫跟他的马儿，还有他那只巨大的猎犬早早地就离开了，他们要去森林里处理一些重要的事情。由于雷夫的生活里只有打猎或其他跟此相关的事，所以接下来他一准儿是去打猎了。贝苏抬起头来，眯着眼睛观望着空地周围那条绿色的边界。

阿瑟曾经告诉过哈奇，贝苏忍受不了绳索之苦，它确实是忍受不了。但是，自从雷夫将绳子给贝苏系上的那天起，绳子就成了它摆脱不掉的梦魇。贝苏可以在服从或跟绳子抗争而让脖子长期疼痛中二选一。毫无疑问，它做了一个聪明猎犬应该做的正确选择。

如果雷夫没有将它绑起来，那只将它迷得神魂颠倒的健壮而英俊的猎犬至少会让它停留好几天。而在那之后，贝苏可能会在芒地农场过着跟以前一样无忧无虑的生活，直到悠久的岁月将它的生命带走。

但是雷夫粗暴地将它绑了起来，与它结下了令它刻骨铭心的仇恨。贝苏愈发热切地渴望着能尽快重获自由并返回芒地农场。它心中坚信：只要能忍辱负重，一切都会好起来的，它对此坚信不疑！在此之前，自己不如先安心睡个好觉。

红头丽蝇因骚扰不成功而放弃了贝苏，它嗡嗡地飞走了，去寻找别的更敏感的受害者。贝苏睁开它那充血的眼睛，又轻轻地合上。它发出舒服的轻叹，再次入睡。不久它又进入了一个令它愉快的梦境。在这样的梦境里往往少不了仓皇逃命的浣熊。

当太阳升到了正对头顶的天空时，贝苏才懒懒地起床。它在雷夫留给它的那个盘子里喝了点水，然后在狗屋的阴影下休息。雷夫傍晚的时候就会回来，贝苏将得到一顿晚餐，然后在狗屋里美美地睡一觉，明天又将是新的一天。

猎熊犬

可是直到黄昏的时候,雷夫还没有回来。贝苏从它的狗屋里走出来四处张望,依旧没看到雷夫!它发出抱怨的叫声。它不是因为猎人不在而感觉寂寞,而是难以忍受饥饿的折磨。贝苏不安地踱来踱去,希望能将绳子挣脱并重获自由。

这时,北美夜鹰在空地边界的树林中翩翩飞行,发起每夜一次的召集信号。贝苏走到水盘边啜了一口水,便继续焦虑地踱起步子。当黄昏迎来了黑夜的时候,北美夜鹰的召集信号停了下来,片刻之后,贝苏感觉到好像有人正向着这边走来。

怪异的哗啦声和嘎嘎声越来越近了,在他们进入空地之前,贝苏一直感到很困惑。然后,它看到一辆车子里坐着两个男人,那是一辆不可思议的车子,由干草条和许多不同车上的零件拼凑而成,就算专家也很难辨认出汽车真正的原型。车子颤抖着停了下来,其中一个男子对着漆黑的房子大吼:"雷夫!喂,雷夫!你在家吗,雷夫?"

短暂地沉默了一会儿,第二个男人的叫声再次打破了这里的宁静:"亲爱的,两年里第一次有一只浣熊来袭击我们的鸭子。雷夫,能将那只猎犬借给我,让我把浣熊赶走吗?"

第一个男人大声说:"他会借的。"

第二个男人滴溜溜地转动着他的眼睛，结果他发现了狗屋，接着看到了贝苏："看！那是另外一只猎犬！"

"是的，但是不知道它有没有真本事？"第一个男人说。

第二个男人断言："如果是雷夫的狗，那么它一定是只浣熊猎犬，我去将它牵过来。"

"小心！"第一个男人提醒他："这只猎犬一定很危险，它可以将任何人的手臂咬断，除非是雷夫本人触摸它，要不雷夫也不会将它绑起来。"

"那就让我们来看看它是只怎么样的猎犬吧。"

接着第二个男人从那辆混合动力汽车上走了下来，他向贝苏走过去，贝苏瞪着双眼，讨好地轻轻地摇摆着它的尾巴。当这个男人将他的手放在贝苏的头上时，它伸出舌头轻舔他的手指。

"是只温顺的小猫。"男人欣喜地宣布，"我要把它接走。"

他将绳子解了下来，贝苏一获得自由就如同一道闪电般从旁边溜走了。贝苏全速向着森林的方向跑过去，一点儿也没理会那个男子痛苦的叫喊声——"小狗回来！这边，快回来！"贝苏跑进森林之后，在恰好遇见雷夫的那只英俊的猎犬的那个地方停了下来，身后是一大片玫瑰花地，这是它们初次邂逅的地方。

男子的叫喊声越来越微弱,直至逐渐消失,贝苏独自在森林里行走,陪伴它的只有旷野之风的细语。突然间,它内心升腾起一股急切的欲望,它想要拉开自己跟雷夫·布兰得利农场之间的距离,越远越好!贝苏不知疲倦地奔跑着,直到快要天亮的时候才气喘吁吁地停了下来,带着虔诚的感激之情在一棵被风吹倒的松树下匍匐前进。它转了一圈又一圈,直到将它的这张新床弄平滑才停了下来.

当初升的旭日将第一缕阳光洒向大地时,贝苏的小狗出生了。其实,昨晚它一直在寻找能安全分娩的地方。

贝苏在离开将近五个多月之后,再次踏入了这片与它血脉相连的土地。回到这里时,它变得非常憔悴,而且骨瘦如柴。但是跟在它旁边欢跳的小狗长得很像它,简直可以说一模一样。小家伙反倒肉乎乎的,健康、活力充沛。贝苏之所以如此瘦骨嶙峋,也是因为作为母亲的它要将仅有的食物先喂饱孩子。

贝苏伏卧在地上,而小狗则在一旁欢欣雀跃,它在妈妈身上跳来跳去,还抓住妈妈的耳朵向后拉,并发出淘气的叫声。贝苏站了起来,低着头,步履有点蹒跚。它分娩的地方是一棵被风吹倒的小树,刚出生的小狗能轻易地跳过去。最终,她带着幼崽到达了它想要抵达的那座山顶。

贝苏在山峰的最高处鸟瞰四周，它看见柳树河在阳光下波光粼粼，像一条飘舞的银色缎带。在更远的地方是芒地农场的建筑物。贝苏快乐地哼了一声，心醉神迷地躺了下来。

　　这么一躺，贝苏就再也没有站起来了。

第四章
哈奇的爱好

每次阿瑟让哈奇去锄玉米地的时候，哈奇都很明白自己最好不要抗议或逃避。因为如果他直接拒绝，阿瑟马上就会用他那宽大手掌拍打哈奇身上离他最近的部位；而逃避只会引起阿瑟的怀疑，接下来他十有八九会近距离监视哈奇的一举一动，不给他留一丝溜走的机会。

任何战役都需要周详缜密的计划。所以，当阿瑟说"你去把玉米地锄了"的时候，哈奇都会温顺地回应道："好的，爸爸。"当他扛着锄头大步走向玉米地的时候，还得尽力装着十分乐意的样子。

玉米地离他们的房子足足有三百码远的距离，如果一个人跑得够快的话，他可能一来到玉米地，就会马上扔下锄头，直接拔腿跑掉。可是哈奇很久前就实践过，这种战术是行不通的。

阿瑟就像浣熊一样难缠，他天生就拥有灵缇犬一样的奔跑速度，而且对在这三百码范围内哈奇可能到达的任何一个藏身之处了如指掌，有时甚至连三百码以外的一些藏身处他都知道。当他去寻找儿子的时候，哈奇觉得阿瑟的鼻子就像贝苏在寻找一只浣熊的踪迹的时候那样灵敏。

当哈奇鼓起勇气向玉米田走去的时候，他想到了猎犬贝苏，借此有效地分散自己的注意力。自从二月份的那个夜晚之后,贝苏和老乔都没再出现过。不过,老乔似乎像往常一样与死神无缘，现有的证据表明贝苏已经被崩裂的冰块卷走,并溺死在柳树河里。

贝苏可能真的已经溺死在柳树河里了。可是哈奇隐约有一种奇妙的感觉。当老乔跳进柳树河的时候，贝苏就在它后面仅有两三步远的地方，如果老乔能成功逃生，那为什么不是两个都成功逃生了呢？虽然支撑老乔的那块冰块有可能刚好在贝苏经过的时候崩裂，但是哈奇认为冰裂之处的激流对于猎犬贝苏这位有着卓越天分的游泳高手来说,应该不是件太难应付的事。

当然,这场大灾难并非没有引起过争论。在贝苏失踪的那天之后，除了一些最基本的工作之外，芒地农场里的所有农活也跟着结束了。阿瑟是这样解释的：作为一个农场主，他永远有办法养更多的牛和猪，甚至可以再另外开发一个农场，但是像贝苏这样的猎熊犬却是绝无仅有的。

阿瑟和哈奇一直在四处寻找贝苏。当阿瑟开始搜寻贝苏的时候，他并没有过度地乐观，因为贝苏毕竟是在月黑之时跑出去的，但是阿瑟和哈奇还是千方百计地寻找它。阿瑟和哈奇走遍了柳树河的上下游，拜访了上游 9 英里范围内和下游 11 英里范围内的所有人家。

梅里·卡森没有见过贝苏。虽然梅里没见过它，但他意识到事态非常紧急，所以他自愿地加进了搜寻贝苏的行列中，跟他们一起寻找。接着罗·斯坦菲尔德、巴特·约翰逊、贝尔宾·克劳福德、派因·黑格林和米尔·多姆斯特都加进了寻找贝苏的队伍里。他们找了足足有两个星期，可是依然一无所获，于是大家都悲伤地认定猎犬贝苏在月黑之夜追踪老乔的时候死了。搜寻者聚集在阿瑟的厨房里，他们推测贝苏的尸体一定是在柳树河的下游几英里远的地方搁浅了。既然不可能推断出崩裂的冰块将它带往了哪里，他们只有以庄严的敬酒仪式来纪念这个了不起的猎熊犬。

然而，哈奇仍然有一种感觉。

哈奇来到玉米地之后，选了块适合的地方——当然是从离房子最近的那边开始锄，看样子他正全神贯注于自己手中的活儿。因为他知道从靠近森林的那边开始锄的话，爸爸就有理由怀疑他想逃跑。当哈奇开始锄第一排地的时候，他就在心里估摸着那些可以用作收藏钓鱼渔具的地方。

在柳树河的上游，从第一个浅滩上的一块圆形的岩石向北走 30 步之后，再向东走 8 步，最后再往南走上 10 步之后，在反方向的第一个池塘中的一根空心的树桩里藏着一根钓鱼线和三枚鱼钩。这池塘里住着一只壳上布满凹痕的鹰嘴龟。在柳树河的下游，就在猎犬贝苏猎获了一只黑熊的池塘跟那棵它曾吠叫过的白桦树之间，藏有一条钓鱼线和两枚鱼钩，去年他则将它们藏在一只北美歌雀的巢里。

哈奇还在担心他那些收藏渔具的地方是否保险。两天前他曾去检查过，当时还是好好的。虽然大多数鸟儿都已经将巢筑好了，但是总有一些鸟会重新筑巢，为了建造新的巢穴，旧巢将顷刻间被毁。如果真是这样的话，他的钓鱼线也会跟着消失，他的渔钩也十有八九跟着一起不见了。因为只要有东西能将它们的窝巢联结起来，鸟儿是不会挑剔的，它们很擅长物尽其用。他在想如果他能找到另外一个不会引起阿瑟注意的地方，就最好马上将渔具从巢上移走。

哈奇将身体微微向前倾，然后将锄头倾斜成阿瑟喜欢的那个角度。阿瑟认为在这样的姿势下运用锄头可以更有效地工作。当锄刃翻出一条肥大的蚯蚓时,哈奇无奈地叹了一口气。他不敢将它捡起来并放进他的口袋里——哈奇从来不觉得有个容器来装鱼饵有什么必要,因为父亲的眼睛仿佛多得像蜈蚣的足一样,目光就像野鹰一样锐利。无论哈奇要将任何东西放进他的口袋里,都逃不过他的眼睛,并且他会迅速地出现在哈奇的面前。

哈奇无奈地想:还是算了吧,其实池塘和泥沼附近的湿地里都有很多蚯蚓。只是有一点不太好的地方,那就是它们经常处在潮湿的环境里,所以已经习惯了水,当将它们附在鱼钩上并沉到水中时,它们不会猛力地扭动。而菜园里的蚯蚓就不一样,它们已经习惯了干燥的环境,当它们突然处于一个陌生的环境中时,它们会惊慌失措地挣扎,从而将大鱼吸引过来。

照射在哈奇背后的太阳光越来越强烈,晒得哈奇的背火辣辣地疼。虽然不太好受,但是他的身体是如此年轻,如此柔韧,状态良好且活力充沛。因此他讨厌做这种相对轻松的劳作。这是一种精神上的煎熬,他觉得在诸多故意折磨人类的农活之中,种玉米是最让人难忍受的差事。

哈奇尝试通过联想玉米的一些优点来安慰自己,他想来想去,愉快地发现玉米能吸引浣熊前来偷袭。其实,无论如何浣熊都会来的。就算没有玉米,它们依然会被芒地果园里的苹果吸引过来。

哈奇用阿瑟认可的锄地节奏不停歇地工作着，每一锄都锄到了正确的地方，没有错过任何一角。哈奇持续工作着，心里的不满慢慢变成了痛苦，而痛苦又发展成为一种折磨。但是哈奇知道如果他现在选择溜走的话，后果将不堪设想。

第一排地只锄了一半，哈奇就转过身来开始锄第二排。

这是个大胆的举动，在开始实施计谋的时候哈奇的心怦怦直跳，这需要很大的勇气。当他听到阿瑟走近的脚步声时，哈奇没有停住他锄地的节奏，也没有将头抬起来看。当阿瑟问他的时候，他故意装出很惊讶的样子。

"哈奇，你到底怎么回事？"

哈奇心虚地抬眼向上瞥了一下："噢，你好，爸爸！"

"我在问你话呢，你到底在做什么？"阿瑟严厉地重复了一次。

"啊？我不太懂，爸爸，我不是正在锄地吗？"

"小兔崽子，你很清楚我到底是什么意思。"阿瑟咆哮着，"你第一排地都没有锄完，只锄了一半就开始锄第二排了，你心里打的什么小算盘？"

"噢，"哈奇像一位很有耐心的老师在指导一名智力不佳的学生一样，他用手指向那些高大的树木，这些大树将在接下来的几个小时内将太阳光挡住，那时太阳光会照在较远的那半块玉米地上，"爸爸，太阳现在又高又炽烈，而且接下来它会升得更高，到时候会变得像三伏天一样热，先将这半排锄好，剩下那半排，我就可以在树荫下工作了呀。"

阿瑟的脸像雷雨前的天空一样骤沉下来，心里怀疑这是哈奇的诡计，他几乎已经能肯定其中必定有诈，但是他不能公然反对这个听起来合情合理的说法。因为不得不承认，如果换位思考一番，自己也会选择相对轻松的方法来锄地。在转身离去之前，他拍了一下哈奇的肩膀，再次警告道："我希望你没有溜走去钓鱼的打算。"

"噢，怎么可能呢，爸爸！"

突然之间，哈奇要锄的玉米地变成了原来的一半，他的重担也随之减轻了一半。计划成功了！一切都不出哈奇所料。现在，这片玉米地上的土疙瘩都被他理成了一排排平整的小块。当然还没有完全锄完，但是就算是阿瑟也不可能一刻不停地监视着他，只要在离树林足够近的时候，他就可以迅速地躲进那片树林里去。哈奇对自己的打算很是满意。

两个小时之后，哈奇锄好的玉米地终于延伸到森林边上了。时机一到，他马上将锄头扔下，玩命地飞奔起来。

在阿瑟随时可能追上来的情况下，他必须不顾一切地向前奔跑，同时周详地计划好所有的细节。最后哈奇选择了能在最短时间内到达柳树河的最近的路线。

到目前为止，一切都顺风顺水，但是他知道阿瑟绝对是位业余运动员。这位老猎人根本不需要被告知儿子去了哪里，也会走最短路径来到柳树河，因此哈奇准备采取主动策略。

柳树河的下游，在一个干涸的泥沼旁边垒着一堆泥块。哈奇径直从它上面跨了过去，一直走向上游的方向。他经过一块人迹罕至到无路可走的草坪，又轻松地跳到侧边的一块大圆石上面，接着又以一个单足跳跃，平稳地落在了柳树河上一块光滑的岩石上。来到柳树河的对岸，他像只机灵的松鼠般钻进森林，在树叶的掩护下向下游的方向走去。

计划顺利进行着，哈奇带着令他愉快万分的成就感放缓了行进的脚步。此时阿瑟一定在怒气冲冲地追赶着他，当阿瑟看到通往上游的痕迹的时候，准会激动不已。此时，阿瑟也确实搜查了上游所有可以躲藏的地方，却依然一无所获！哈奇此时正在离阿瑟几英里外的地方逍遥法外，他知道几个鱼儿丰富的池塘。那是一个人躺在柳树下静静地享受钓鱼乐趣的好地方，并能在不被任何人瞧见的同时看清上游四分之一英里内的情况。

哈奇的心被照亮了，灵魂都得到了净化，甚至快乐到几乎想要开始吹口哨了。可是他立马打消了这个想法。

阿瑟虽然从不擅长语言表达，但是他却很擅长用双眼发现蛛丝马迹，用耳朵捕捉微弱的风声细语。如果哈奇吹起口哨的话，阿瑟可能马上就会把正在钓鱼的他抓个正着，然后粗暴地打断他的乐趣。就算是脚步最轻的山猫来到寂静的玉米秆丛，阿瑟也能毫不费力地察觉到。曾经不止一次，当哈奇以为他的爸爸还在家里气急败坏的时候，阿瑟早就跟在他的背后，并且那宽大的手掌已经落在他身上了。

哈奇一个人陶醉地跳着欢快的舞，将他今天晚上回到家中时会面临的审判抛之脑后。因为，第一，从现在到晚上还有好长一段时间；第二，凡事皆有代价，男子汉为了值得的东西就应该无所畏惧。

突然哈奇停了下来，像杜百里洛山的巨石那样站在原地。他看到一只母鹿和两只小鹿向着这边走过来，三只鹿都不知道有人在看着它们，它们优雅从容地从哈奇的前面经过，惹得哈奇眉头一皱。

关于鹿，有一件令人非常困惑的事情，实际上，不单单在鹿的身上，几乎在所有野生动物身上都看得到。正常来说，除了非常幼小的家禽之外，人们一眼就可以看出大多数的家禽和家畜是公的还是母的。而对于野生动物，人们从来都没法肯定它们的性别，可能主要是因为人们很难接近它们去看个仔细，又或许有别的原因。梅

里·卡森认为所有幼小的野生动物都很相似，六个月大之前的它们是属于某种中性动物，六个月之后，它们彼此间经过讨论之后才决定哪些将成为雌性动物，哪些将成为雄性动物。只有这样，它们才能永远保持雌雄数量的平衡。

　　如果梅里的观点是正确的话，那不得不承认这是一个很合理的体系。可是哈奇既无法证实这个观点的正确性，也无法反驳说它是错误的。当母鹿和两只小鹿走出他的视线之后，哈奇还在想，当那两只小鹿长得大到能决定自己的性别的时候，它们会选择雌性还是雄性呢？有可能会变成两只母鹿，也有可能是两只公鹿，然而最好是一只是母鹿，一只是公鹿。为了后代的繁衍，两种性别都需要，因为如果科里皮山上不再有玩耍的鹿群，就好比没有了浣熊一样，生活将会变得索然无味。

　　母鹿和它的孩子们慢慢走远，哈奇错过了威吓它们的最佳时机。哈奇顺着小河继续往下走。在路上，他看到一只红头啄木鸟嗒嗒嗒地在一根枯死的树桩上不停地啄着，便不由得停下来仔细观察它。哈奇的眉毛都缩成了一团，啄木鸟发出的嗒嗒声扰得人头痛。他记起来阿瑟接下来准备给鸡棚更换新的屋顶，而啄木鸟啄树桩的速度跟阿瑟希望哈奇保持的锤子重击的速度是多么相似。

　　突然，那只啄木鸟可能遇到了它不喜欢的东西，嗒嗒声戛然而止，紧接着它发出一声刺耳的尖叫，扑棱着翅膀飞走了。这是个不祥的预兆！哈奇的眉头仿佛拧成了一股绳，缩得更紧了。哈奇似乎在啄木鸟身上看到了自己的未来，一只鸟已经吃了苦头，如果阿瑟真的要修理鸡棚屋顶的话，那么哈奇肯定也要遭殃了。

他得想出一个能解决此项家庭杂务的办法，但是修鸡棚的屋顶离现在还远着呢！眼前唯一值得他考虑的就是从现在到日落之前这段时间内将要发生的事情。

当哈奇来到贝苏曾经光荣地击败一只黑熊的池塘的对面时，他转了一个 90 度的弯。因为考虑到一路这样走不够谨慎——无疑表明他的位置就在柳河边上。虽然阿瑟被他诱导去了上游的方向，但是阿瑟很可能已经改变了主意，向着下游一路跟踪过来了。

当他的目光穿过边上的柳树直盯那个池塘的时候，他仿佛被什么击中了一样，侧过身来对着白桦树忧伤地叹了一口气。当天贝苏就是在这棵白桦树下将那只浣熊赶上树的。

他刚要动身向白桦树走去，突然间脚就像生了根一样，怎么都动不了了。因为他似乎听到了猎犬贝苏的吠叫声。这简直无法令人相信，但他不愿怀疑自己的耳朵，于是哈奇扭头向池塘那边望过去。

透过柳树林，他看到了一只小狗。

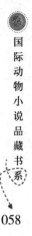

第五章
鸭脚猎犬

池塘边上有一棵历经不幸而畸形倾斜的柳树，它的树根相当粗壮。

当哈奇出现时，这只小狗正在水中努力地想要爬上那个大树根。当他终于看清它的时候，差点就叫了出来。他终于找到猎犬贝苏了！可是当他再认真细看时，他知道并非如此。这只小狗长得跟贝苏几乎一模一样。第一眼看到它的时候，哈奇觉得它的体形大小好像也跟贝苏一模一样。不过它的个头比同年龄的狗确实要大很多。此时在水中它的身体就显得更健壮了，但是毫无疑问的是它确实只是一只小狗。

此时此刻，就算是十头野牛也不可能将哈奇拖走了，他就呆呆地站在原地没动，双眼紧盯着那只小狗。

水流能将气味冲走，所以在水里小狗闻不到鱼儿在哪，它一定要看见鱼儿才能将它们捉住。现在它的动作里尽管还透露着小狗的某种笨拙，可是在水中，它似乎就像在自己的家中一样舒适自在，也像老乔进出芒地农场里的鸡棚那样来去自如。

它绕了一小圈，将头歪向一边，以便可以边游边向下看。它有时甚至不用扭动身体，单单用爪子划动就可以让自己在和缓的水流中灵活地漂移。它还可以潜进水里去呢。

它突然像一只灵活的潜鸟一样，头向下平稳地扎进了水里，并直接进攻目标。当它来到那条可停靠的柳树树根旁边时，小狗用它的前爪使劲推动着树根，可是树根却纹丝不动。小狗似乎对它现在所处的位置一无所知，它好像也不知道自己正在做一件谁都没有尝试过的事情，它又一次去推树根，依然失败了，可是它依然没有气馁，接着又尝试第三次。

"汪汪，汪汪……"当小狗的叫声清晰地传进哈奇的耳中时，他顿时目瞪口呆，不知怎么用言语表达他的惊讶，这肯定是贝苏的小狗！

这一点毋庸置疑。猎犬的小狗不足为奇，而一只长得跟贝苏一模一样的小猎犬，却把蓝斑猎犬会绝种这一说法推翻了。可是这只小猎犬的血统根本不存在任何争议，因为它连叫声都像极了贝苏。哈奇听贝苏叫过不下一千次，每当它遇到挫折时，就会发出这样的叫声。

哈奇的直觉再次应验了！那天贝苏在黑夜里紧追老乔时并没有淹死在柳树河里。尽管那天夜里具体的情况已经无从得知，但是他确信一定发生过什么事。说不定能从那块裂开的冰块里找到相关的线索。如果它在贝苏的脚下裂开了，那么贝苏可能受了伤，但它以某种方式渡过了柳树河，然后崩裂的冰块将它困在了那里。它因受困而回不了家，转而到处寻找它的伴侣，结果真的遇到了一个。

那么它的伴侣是哪一只狗呢？很明显那是一只大猎犬。可是柳树河沿岸的所有猎犬哈奇都认得。但没有一只狗的血统和外貌特征很明显地出现在这只小猎犬的身上。不过毫无疑问，这只小家伙是一只猎熊犬，从它在水中来去自如的灵活性就能断定这一点。这只小猎犬结合了贝苏的水性技能和另外一只猎犬的天赋。一只不仅可以屏息，而且还可以随心所欲地想潜多久就潜多久的猎犬简直就是一个奇迹，这跟梅里·卡森那只单蹄母牛生了一只有两个头的小牛一样令人震惊！

阿瑟以为这种事情只会发生在一头单蹄母牛身上，不过那只两头小牛只活了几个小时。而这只小猎犬不仅依然活着，而且还让哈奇亲眼目睹了它良好的水性。哈奇对自己说，眼前的一切将永远记载于科里皮山的编年史册里。

小猎犬最终还是需要呼吸清新的空气的，于是噌地从水中蹿了上来，动作恍如鲑鱼浮出水面一样灵活优雅。哈奇不知道当它看到自己时会不会受到惊吓，因此保持着静立，没敢动一下。但是他控制不了自己的思想，他在想小猎犬潜进水里以后，是什么让它能在水里待这么久的？所有人都知道，鱼儿之所以能随心所欲地穿梭于水中，那是因为它们想要下沉的时候会将水大口地吸进肚子里，让体重得以增加而下沉；而当它们想浮上来的时候，它们就将肚子里的水吐出来，通过减少压力而上浮。潜鸟、水鸟和某些鸭类动物同样精通这个诀窍。但这些动物之所以精通这一诀窍，可能是因为它们大多数的时间都是待在水里的，可以向朝夕相处的鱼儿学习，从而领会到其中的诀窍，海狸和麝鼠就是如此。

哈奇突然觉得这只小猎犬将成为最了不起的猎熊犬，并且会在科里皮山上永远地奔跑下去，而猎犬贝苏将再也没有这样的机会了，因为如果它还活着的话，一定会跟在这只小猎犬的身边。哈奇还有另外一种全新的感觉，他觉得这只小猎犬将来注定会成为一只比它妈妈更了不起的猎犬，这就是所谓的青出于蓝而胜于蓝吧！

小猎犬又叫了起来。哈奇揉了揉他的双眼，仿佛又听到了贝苏的叫声，他扭过头，看往别处，然后又扭回来，这次他才真正确信，在自己眼前的是一只小猎犬。

小家伙游泳的动作极度流畅，它又游了一圈。接下来发生的事让哈奇的心脏猛烈地跳动着，令他激动不已。

这只小猎犬可能想去抓一条鱼，它试了十几遍，都以失败告终。它总结之前的教训，打算以一种全新的方法再做尝试。这次它没有采取直接潜下去的战术，而是转过头来，游过 4 英尺远的距离之后，才再次调头，纵身潜入水中。

可是这次它依然没能成功地将那条鱼儿捉住，它抓到的是一根柳树茎。它气急败坏地用肩膀使劲攻击着那棵柳树，使柳树顶上的叶子沙沙沙地响个不停。柳树茎被它推到一边去了，鱼儿却自由自在地游走了。

鱼儿徐徐地往上游的方向游去，当它离水面不到 6 英寸的时候，迎面遇上了一小股激流。这股水流被柳树根阻断，因此鱼儿刚好就被冲到这里来了。看到这一幕，小猎犬感到相当困惑，但是它只愣了一瞬间就马上反应过来了。

小猎犬在第一时间弹跳而起，它将前半身高高地抬了起来，放眼环顾四周，聚精会神地注视着那条鱼，现在鱼儿离它只有大约 12 英尺远的距离。小猎犬迅速追上去，一下用嘴咬住了猎物，然后它叼着鱼儿绕着圈向岸边游去。

一个有力的跳跃,哈奇跳进了河水中。当小猎犬到达靠近岸边的浅滩时,哈奇还是没敢动,因为它很有可能会从他身边一闪而过,然后躲进灌木丛中再偷偷溜走。但是就算是这只本领很高的小猎犬也不可能游 15 英尺那么远的距离而逃走。

哈奇缓缓前行,河水慢慢地没过他的大腿,接着是他的腰部。小猎犬紧紧盯着他,但是也没放开那条柳树根,它顺流而去,绕了一圈,目的是带着鱼儿从哈奇旁边逃离,并跑进柳树林里。它漆黑而明亮的眼睛审视着周围的环境,一副冷静和超然的样子,对自己正在做什么心知肚明。

河水渐渐浸没了哈奇的腋窝,他知道这场仗他一定会赢。但是不会赢得太舒服,苦头是一定要吃的。只要再往前一英尺左右,或者再多一秒钟的时间,小猎犬就会逃掉了。

当他们相距一码半远的时候,哈奇猛地向前冲过去,用双臂紧紧地抱住了那只小猎犬。他将它紧紧按在他的胸口上。被哈奇抓住之后,小猎犬不得不放弃那条鱼。它愤怒地扭过头来,动作如蛇般灵活,又如蜂鸟般迅速,一口咬在了哈奇的手臂上。它的幼牙极其锋利,鲜红的血液立刻从哈奇的伤口上渗了出来。

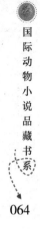

"哎哟！"哈奇咬紧牙关，"你这只小魔鬼！"

哈奇用右手紧紧地抱着小猎犬，为了防止它再次扭过头来咬他，便用左手紧紧地抓住它的脖子。小猎犬顿时发出呜呜的哀鸣。当哈奇温柔地抚摸着它的时候，它的哀鸣声又马上转变成充满警告意味的咆哮声。哈奇仔分析了当前的情况并做出了决定。

现在是应该教会它什么是礼貌的时候了！不过站在小猎犬的角度来说，它也有它的道理，它锁定了那条鱼，而且历经千辛万苦才抓住。这条鱼本来就是它应得的。可是现在它却仍然待在水里，并在哈奇的胸前不停地跳跃着。想到这里，哈奇松开小猎犬的脖子，去抓鱼儿，可是还没等他抓到那条鱼，小猎犬却又转过头来要咬他了。

"够了！"哈奇大声说，"我只是想帮你！"

哈奇终于抓到了那条鱼，现在鱼儿就在他的手里，小猎犬看着那条鱼，一时之间忘记了要咬哈奇。它张大嘴巴，用舌头舔着哈奇的腰部，身体不停地扭动着。当哈奇将鱼儿凑近它的时候，小猎犬马上一口咬掉了鱼儿的尾巴，接着把整个尾巴都吞了下去。三口过后，整条鱼都让它吃光了，一点也没剩下。

"你不仅仅是饿，"哈奇评价道，"而是快饿疯了！"

将鱼吃掉之后，小猎犬满足地呼出一口气，舒服地蜷伏在哈奇的怀里，它转过身来看着哈奇的脸。哈奇也回望着它。这只小猎犬简直就是贝苏的翻版，只是眼神跟贝苏不一样。贝苏的眼神很温柔，而它的眼神可能也含有温柔，但是也同时充满了自负和暴躁。这让哈奇想到了阿瑟。

"我想我们很快就会成为好朋友的。"哈奇说，"但是直觉告诉我，没有人能轻易地改变你，当你需要被教训的时候，无论谁都会觉得棍棒是最好的惩戒工具。"

奇怪的事发生了，它好像想跟哈奇握手——这只小猎犬抬起它的前爪，放在了哈奇的左掌上。哈奇的心震了一下。不知道它是不是感应到他刚才所想的东西，哈奇不敢马上再去碰触它的爪子，甚至差点儿将这只小猎犬扔回池塘里去了。

"如果不是亲眼所见！"哈奇喘息着，"我简直无法相信这是真的！"

蔚蓝的天空中没有出现电闪雷鸣，美好的一天还没结束。哈奇碰触了一下小猎犬的一只爪子，并且定神仔细观察着它的反应。谢天谢地！他大大地松了一口气，因为它身上并没出现他刚才感觉到的超自然的能力。接着他检了小猎犬其余的三只爪子。这只小猎犬的每个脚趾之间都有一块带状皮相连。它的爪子像极了鸭子的脚掌。贝苏居然生了一只长着鸭脚的小猎犬！

猎熊犬

哈奇突然意识到他还站在深及腰际的柳树河里，待在这里毫无益处。因此，他抱着小猎犬向柳树河岸走回去，小猎犬现在已经不再像刚才那样饥饿了，它对哈奇的怀抱似乎很满意。小猎犬不再畏惧哈奇。它拥有鸭脚形的爪子，难怪能像鸭子那样在柳树河里游泳。回到岸边，哈奇将身上的水甩掉，然后爬上了河岸。

"我们应该怎么处理你呢，鸭脚？"他问道。

"鸭脚"以不停的扭动来回答哈奇这个问题，它一个翻身，向地面跳了下去。哈奇感到安慰地叹了一口气。如果这只小猎犬跟女巫有关联——假如没有关联的话，为什么一只猎犬会长着鸭脚形的爪子呢——那现在是它在一束火焰或一股烟云中消失的时候了，从地狱来的，就要返回地狱去。

可是它什么也没做，只是蹲下来静静地看着哈奇，并轻轻地摆着它的尾巴。哈奇心里突然再次涌起了一种让他恐惧的预感。鸭脚必定跟人们前所未见的某种灾难性力量有关。

人们有时听到幽灵们在午夜的风中尖叫或者在森林里呻吟。他们理所当然地认为最好不要去管它们。可是假如，只是假设，如果鸭脚是一只猎犬，而不是一个幽灵呢？如果这只猎犬的身上善良的那一面克服了邪恶的那一面将会怎么样呢？有蹼就一定是恶魔吗？如果鸭脚能

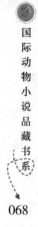

对一个人展示它不为人知的忠诚呢？

当这种想法出现在哈奇脑海里的时候，他身体微微地颤抖着。老乔之前一直奔跑在科里皮山上，可这次恐怕也没法从一个长着鸭脚的猎犬这里逃掉。突然之间，哈奇近乎恐慌地冲上前抓住"鸭脚"，并将它紧紧地抱在怀里，沿着柳树河疾速地向上游奔跑。哈奇迫不及待地想听一位经验丰富的猎人的建议，比如阿瑟，他对这种情况要比哈奇了解一百倍。

哈奇回到家，头一次没有受到惩罚。毕竟他这么早回来，对阿瑟来说也是头一次，阿瑟非常了解自己的儿子，在他享受完整整一天的自由之前是不可能提前打道回府的。所以以前每次他回到家迎来的都是严厉的殴打。

这小子一定疯了！这是阿瑟脑海中闪现的第一个想法。突然，他注意到他手里的小猎犬，不可置信地走上前去。

"这究竟是怎么回事？"

"您看！"

哈奇将鸭脚猎犬放了下来。小猎犬首先对阿瑟投以一种冷漠而又戒备的目光，然后它走上前去嗅他的鞋子。

"它是贝苏的小狗！"阿瑟叫道。

哈奇好奇地打量着他的爸爸。他发现除了想方设法地逃离琐碎的农活任务去做自己喜欢的事之外，自己很少花心思去了解爸爸。在他的印象中，爸爸是一个威武有力而又严苛的男人，最厌恶别人欺骗他。其他的哈奇一概不知，但此刻他很清楚，这还是在贝苏消失之后，爸爸第一次露出高兴的神色。

哈奇开始坐立不安，当他看到阿瑟脸上喜悦的神情时，自然也很高兴。但是他没资格对鸭脚猎犬的去留问题做最终的决定，也不能自作主张地把一只仅有一半猎犬血统的猎犬带回家。尽管它身上属于猎犬的那半血统是来自于他的贝苏。哈奇一声不吭地站在那里，将鸭脚猎犬举起来，并将它的爪子摊开。

"您瞧！"

阿瑟沉默了一会儿，接着他说："你是在哪里找到这只小狗的？"

"在河里，那时它正在努力地爬那棵畸形的柳树的那条树根……"

阿瑟聚精会神地听着。哈奇陈述完毕之后，他清了清喉咙，但是停顿了足足45秒之后，才严肃地开口说："现在我知道了，那天晚上贝苏跑出去之后，它并没追上老乔，我也猜到了它为什么没有被淹死——有一只鸭子救了它。"

"一只野鸭？"哈奇不敢相信地问。

"千万不要看不起一只粗俗的鸭子。"阿瑟说，"它不仅仅是一只野鸭，而且是一种体形比贝苏还要巨大的鸭子，从没人知道它在森林里已经生活了多少年。它守候这么多年，就是为了对贝苏下迷咒。"

"爸爸，那么我们该怎么办啊？"哈奇担心地看着他的爸爸。

"你看这鸭形脚，"阿瑟说："你凑近了看看它，也许从我们看到它的那一刻起，它就对我们下了咒；不管怎么样，它身上都有一半贝苏的血统，或许这一半会将另一半不是它的血统压制住，让它走吧，哈奇。"

哈奇将鸭脚小猎犬放了下来。从那以后，这只孤单的、被遗弃的鸭脚小猎犬就开始跟阿瑟的鸡一起住在了鸡棚里。

鸭脚小猎犬慢慢地向鸡棚走去，来到鸡棚的时候，它显得非常高兴，狂喜地一跃而起，跳到屋顶上，压在鸡棚的上面，脚下顿时响起了一阵慌乱的翅膀拍打声。而它看起来对自己做的这一切非常满意。

"贝苏也做过同样的事。"阿瑟说，"如果它想努力展现自我的话，她知道该拿什么来吸引我们。但是，我们还是得小心一点，因为贝苏在月黑之时受过诅咒，而这只鸭脚小猎犬也被鸭子所蛊惑。"

第六章
夏日的老乔

从芒地农场顺流而下,大约三英里远的地方,柳树河在那儿一分为二:一条是主干流,它由一系列常见的水坑和小湍流组成,这些水坑和小湍流日复一日地静静地流向一条江之后,再注入大海;另外一条是辅助河道,它仿佛厌倦了日复一日、年复一年地重复着同样的事情,于是它悄悄地从这里溜走,独自踏上探险的旅程。

每逢高水位的时候,这条河道都会尽职尽责地接纳和分流洪水。柳树河里的水从来不会对它的堤岸造成严重的威胁,因为这里有一个沼泽,沼泽里有大量的空间可以容纳剩余的水量。通过沼泽,水慢吞吞地继续向前流动。

每逢低水位的时候,河道的入口就变成了一条毫无遮蔽的细流,它在岩石周围艰难地流淌着,毫不起眼。一些住在科里皮山的居民从来不会顺着这条河道走得太远。因此只有阿瑟、哈奇和梅里·卡森知道柳树河中有几个最适合钓鱼的水塘,它们就位于这条河道的下游。

当然,老乔也对这些水塘熟悉极了。在一个九月的晚上,它正向自己最喜欢的水塘走去。

这些天的气温保持在舒适宜人的温度,夏天的炎热已经过去,因此晚上很凉快,但还没开始转冷。昨晚的一场薄霜覆盖了枯萎的草地。挂在天上的娥眉月散发出黯淡的光芒,仿佛是某些人不小心洒落在大地上的一群银色碎片。总而言之,今晚绝对是老乔最喜欢的那种夜晚。

老乔对自己和它所取得的成就是非常满意的,它在岩石堆中的洞穴里躺了整整一天。此刻才以一种从容不迫的姿势慢慢地从洞里爬出来。在这个夏末,老乔为它本来已经很彪悍的名声又增加了另一道光环。当它做这件事的时候,几乎是肆无忌惮地享受着全过程。生存对于一个像它这样的捕猎精英来说已经不是个令它苦恼的问题了。

这一年就天气而言,降雨量和阳光刚好平衡,没有过长地停留在极度炎热的季节,像现在这样风轻云淡的天气是再理想不过的了。除了森林里那些大量的野果,果园里的作物也获得了大丰收。老乔想什么时候吃,就什么时候去摘取，而且至少隔夜就会去一次。此外，派因·黑格林决定在林地中养一些珍珠鸡，他认为这是个好想法；对于老乔来说，这更是一个妙得不能再妙的好主意！

第一，如果派因·黑格林有一天想出了个好点子的话，那绝对是一件值得赞赏的事情。可惜大多数时候他都是白费心血，但他自己从来都不会承认这一点。派因觉得一只杂种狗可以更有效地对付浣熊，而且比任何一只猎狗都强。他现在全心全意宠爱的是一只由很多物种杂交出来的大狗，这令他十分自豪。派因觉得它是犬类中的精英。

第二，派因捕获的30只珍珠鸡大多数都是那种典型的喜欢到处乱跑的类型，只要一将它们放出来，它们马上就会朝森林那边走去。尽管在老乔袭击它们的栖息处时，它们会发出可怕的尖叫声，但是这些叫声从来不会让老乔有那么一点点的胆战心惊。派因的狗连一只躲在包装盒里面的黄鼠狼都找不到，更何况是棘手的老乔。而且派因太顽固，他从不会召集那些有好猎犬的邻居来搭把手，帮帮自己。

在柳树河沿岸，除了两只猎熊犬之外，其他所有的猎犬都不是老乔的对手。所以老乔一点儿都不把它们放在眼里。它快乐地袭击每个农场，阿瑟·芒地的农场和梅里·卡森的农场除外。老乔避开这两个农场是因为阿瑟·

芒地的农场里有一只新的猎犬——鸭脚猎犬,而梅里·卡森的农场里有只叫晨光的猎犬。晨光每天都会尽职地在各个畜牧场里巡逻。老乔虽然不会被威慑,但是也一直找不到机会查明它们的底细。它能活到目前这个岁数,依靠的并不是运气,鲁莽的事它一概不参与。

老乔一点都不怀疑经过一段时间之后,鸭脚猎犬和晨光都会来追捕自己。只是它想选择合适的时间和地点再对这两只猎犬做进一步的调查。

尽管农场里丰富的动植物为老乔提供了随时都可以顺手牵羊的食物来源,但老乔是一位贪心的美食家,因此它也不会嫌弃森林和河水为它提供的美味加餐。农场不会每个晚上都遭到袭击的唯一原因是它有时候喜欢吃淡水里的贝类,有时候渴望吃鱼,有时又偏爱青蛙,而有时它又惦记着小龙虾。

柳树河那条分流隐隐约约地进入了视线,这只大浣熊却在此时停了下来,一动不动地站在那里。空气中迷人的诗意令它沉醉,可是它必须先弄清楚四周是否有危险。更重要的是,它很久以前就学会在还没确定对岸潜藏着什么东西之前,是坚决不能过桥的。因此它想在自己开始专心捕捉小龙虾之前确定还有什么动物正在这条分流附近潜藏着。经过一番仔细的视察后,老乔没发现什么值得担心的东西,于是慢慢地向河边踱去。

老乔对这条分流上的所有地方都非常了解。这条分流迂回地穿过这片森林，沿着一条偏僻的路线，慢慢地流进一个沼泽里，然后再次接入柳树河。

这些水塘和小湍流中都有很多的鱼，沼泽里寄居着青蛙和贝类。老乔停下来的地方正好有一个水塘，它是整条分流上捕捉小龙虾的最佳地点。老乔向水塘边走过去，但是并没有立即开始捕捉小龙虾。

空中的娥眉月的月光是如此皎洁而耀眼。突然，老乔发现在离它鼻子不远的地方，有个闪闪发光的、让它眼花缭乱的东西。老乔瞬间就被迷住了，足足盯着它看了两分钟之久。

无论它是什么，老乔都非常渴望能伸出爪子去触摸一下。再仔细一看，原来是半只河蚌。虽然它喜爱的珍宝就近在咫尺，可是老乔叹息了一声，谨慎地在它周围转了两圈，然后跳进了水塘里。因为它知道设陷阱的猎人都掌握了浣熊的爱好，因此他们通常会利用这一点来引诱它们，使它们掉进预先设好的陷阱里。

跳进水塘之后，老乔开始捕捉小龙虾，由于经验丰富，它的动作有条不紊而又精准无比。小龙虾进攻敌人的唯一武器是那对长在它身体前部的钳形爪子，因而老乔要在危险逼近之前灵活地避开。这是老乔的狩猎学问中的一条最基本的常识。它将两只前爪滑进一块小石头

猎熊犬

的两侧，并做好充分的准备。这个水塘里的每块石头的下面都有小龙虾，无论老乔动哪一只爪子，小龙虾一定会向老乔的是一只爪子那边缩回去。

老乔突然将两只爪子撤了回来，并立刻坐直了身子。原来有另外一只浣熊闯了进来。这个闯入者丝毫不理会老乔那散发着浓浓警告意味的低吼，仿佛一只浣熊或任何其他动物入侵老乔的私人水塘是一件天经地义的事情。

这位闯入者显然需要学习一下什么叫作礼貌了，而老乔也非常乐意教它。当这只陌生的浣熊走近的时候，老乔才发现原来它只不过是一个婴儿，是一只春天里刚刚出生的小公浣熊。

当老乔靠近的时候，这位闯入者马上停了下来，发出惊恐的尖叫，它掉转头，全速往回跑，老乔在它的后面穷追不舍。一直追了 75 码远之后，在经过一堆草丛时，老乔突然停了下来，它的下巴差点在沙地里划出了一条犁沟。

原来它在草丛里遇到了它的配偶！老乔是二月离开梧桐树的，那一次它为了摆脱贝苏的追踪，发现了这只住在大橡树中的母浣熊。后来它们自然而然地走到了一起。现在老乔的配偶就在它的面前，全身竖起来的刺毛让它的体形比平常增大了两倍。一看到它，老乔马上从一个一心想着惩罚的复仇者转变成了一个一心要平息一切的丈夫。它突然意识到，它刚才竟然在追捕自己的儿子，它居然没认出自己的儿子！老乔从来没遇见过这样的情况，也没有这样的经验，它不知道应该如何处理。可是它无从逃避，终究还得面对它的配偶。

老乔有充足的时间，它想跟自己的配偶来一场亲切的交谈。看上去对方也有同样的意向，母浣熊慢慢地靠近，可是意想不到的是它突然开始攻击老乔。它的利牙猛然咬向老乔，它的四只爪子突然间好像变成了四十只爪子，所有爪子一起向老乔攻击过来。老乔只有节节后退，很显然它没有心情去听老乔的任何解释，当然老乔也不知道该如何解释之前的误会——它竟然跟自己的儿子进行了一场很不光彩的战斗。

那只母浣熊一路追击，追了 100 码远之后才转身往回走。老乔继续向前狂奔，然后它来到柳树河的另一条分流上。老乔游过柳树河，爬上了对面的河岸之后才敢将速度放慢下来，将狂奔换成了快走。自从老乔离开它妻子的窝巢，老乔就再也没有遇见过它的妻子。打那以后，它就再也没有想起过它的妻子、它的两个儿子和三个女儿。

今天它们终于碰面了。老乔本来想，至少今天晚上它们一家会待在柳树河边的水塘里捕食，但经过这次不愉快的见面，老乔一点儿都不想再遇见这只母浣熊了。

老乔继续向前走了半英里，直到这时它才觉得跟它

猎熊犬

们的距离已经足够远,自己足够安全了。这时,它才觉得自己的尊严受到了严重的伤害,而且现在它肚子饿得咕咕叫。派因·黑格林所剩无几的珍珠鸡可以补偿它受损的自尊心,并解决它的饥饿问题。

唯一的威胁消失之后,老乔又变回了那个自大、傲慢的家伙。尽管派因对它的狗评价非常高,可是老乔知道那只东西有多愚蠢。那些珍珠鸡,尽管是野生的,但是也十分愚蠢,每晚都在同一个地方栖息。老乔知道它们聚居在一片小松树林里。六天前的那个晚上,它就从那里偷走了一只珍珠鸡,想到这里,老乔坚定地直接向着那片松树林走去。

五天前,就在老乔上次拜访派因农场之后没多久,派因·黑格林最珍爱的杂种狗便开始在他的农场里巡逻了。当它经过一个平静无涟漪的水塘的时候,不经意地向水里瞥了一眼,自己的倒影映入眼里,可是愚蠢的它以为自己在被一只长相丑陋的大狗所挑战,于是迅速跳进水里准备战斗。然而等它一跳进水里之后,倒影马上就消失了,对于它这样的智力来说,它无法理解这一切。它压根不知道有倒影这回事儿,只当是另外一只狗。它肯定那只狗一定是潜伏在水塘里的某个地方,它深深地陷入对敌人的假想中不能自拔。过了一会儿,水塘里的那只狗依然坚定地看着它,于是它一头扎进去,决心要把它找出来，可是从此它再也没有上来过。

尽管派因原本可以向邻居借用一只猎犬，但是他始终坚持自己的信仰，坚定不移地认为杂种狗是最优秀的。于是他跟沙特·霍金斯讨价还价，最终用六只鸡和一只小猪从这位小贩那里换了另一只杂种狗。

这只狗跟派因之前的爱犬相比，体形相对要小一些。但是它的肌肉很发达，因此它的体重跟之前那只狗差不多。它身上主要继承的是比特犬的特征，因此这只狗英勇无比，而且无所畏惧。跟派因之前那只杂种狗不同的是，这只狗的嗅觉不是特别灵敏。

它像老乔一样清楚地知道派因的珍珠鸡的栖息地。派因意识到珍珠鸡多次遭遇袭击的事实，于是留下这只狗在松树林里，让它跟那些珍珠鸡待在一起。这意味着这晚老乔将遭遇第二次的打击。

如果打架无法避免，那么攻其不备是它首先采取的战术。这只狗是不会将时间浪费在吠叫或者咆哮上的，因此它在老乔还不知情时突然发起攻击。既然逃脱不掉，老乔只有迎战。

它们的体形、重量相当，可以说是一场势均力敌的斗争，而且那只狗可能还占据了稍重 5 磅的优势。此外，在它被带到萨德·霍尔金的领地之前，它经常在畜棚后面和其他狗打架，而且从来没打输过。绝大多数浣熊都不

猎熊犬

是它的对手。

这只狗是个重击手，但是老乔也是个技巧熟练的拳击手。老乔思维很清晰，不至于笨到跟这只狗离得太近。当这只狗袭击它的时候，它要先选择退让，即使自己遭受着之前从未承受过的攻击也没还击。

顽强和无惧的敌人在紧紧逼近，老乔绞尽脑汁，终于从它的智慧锦囊里拿出一条妙计来。它对此处的地形非常了解，知道前面大约15英尺处有一座陡峭的小山。在战争中，当你拥有地势高度的优势，那将比拥有任何攻击性的武器都要强得多。老乔趁着一个喘息的机会迅速地冲往那座小山，它爬了上去，并在那里静静地守候着。

可是那只狗没有马上追过来，这一点让老乔感到很意外。原来它没有灵敏的嗅觉，不知道应该从哪里着手寻找它的敌人。在刚才的对战中，这只狗仅有的一点嗅觉也被损坏了。这只狗现在正位于逆风的方向，就算3英尺以外有一盘美味的牛肉干，它也嗅不到。所以，现在它根本没有能力继续这场战斗，因为它连自己的敌人都找不到。

从来没有人会质疑突如其来的好运。一获得安全，老乔马上转过身去，飞奔着跑走了。第一，它要拉开自己跟派因所剩无几的珍珠鸡之间的距离，那群美餐现在正在栖息处声嘶力竭地尖叫着；第二，它决定暂时不要打扰派因剩下来的珍珠鸡，至少在有这只狗守护的情况下，老乔不准备再次来袭击它们了。

老乔越想越生气，并不是因为自己被愤怒的妻子攻击而生气，而是因为被一只狗打败，而且还是一只不是猎熊犬的狗击败。老乔发誓要报此仇。当这种想要复仇的怒火在胸中燃烧的时候，它恰好经过阿瑟·芒地的农场。

在正常情况下，老乔从来不会做这样的事，因为它对鸭脚猎犬仍一无所知，而且玉米地那里有一长排树林可作为防卫的屏障。这里绝对不是着手试探任何一只陌生猎犬的好地方。但是老乔正处在气头上，甚至于气昏了头，而且正饥肠辘辘，所以它无所顾忌地继续往前走去。它看准时机闪到一边，一下子就扯断了一把玉米秆。当它正在玉米丛中挑选玉米的时候，突然听到了鸭脚猎犬跑过来的声音。

如果在别的情况下，老乔应该会先停下来思考。鸭脚猎犬的体形很大，这一点是遗传自它的父亲，几乎跟它父亲一模一样。不过它毕竟还是一只小猎犬，因为没有战斗经验，在和老乔的战斗中失败的几率更大一些。

可是今晚老乔已经打够了，它不想再打了。于是老乔选择奔向柳树河，鸭脚猎犬也紧随其后。老乔领先追捕者一段距离。它跳下柳树河，跑过浅滩，在水塘里游了约0.25英里远之后，看到了一条小河，它游过那条小河并

猎
熊
犬

爬上了河岸。岸上有棵橡树，老乔马上爬了上去。这棵橡树顶部的树枝的边缘攀爬着一些野葡萄藤，好像装饰花边一样美丽。葡萄藤将三棵相邻的树连了起来，形成了一条安全的空中通道。老乔认为现在是试验一只猎犬优秀与否的最好时机。

约半小时之后，老乔被鸭脚猎犬雷鸣般的吠声而震惊了，然后这只大浣熊不得不再次选择离开。它翻过葡萄藤，来到一棵野樱桃树上，然后从上面爬了下来，跳过一颗巨石的顶部，奔跑了 100 码左右，来到一个沼泽。越过沼泽之后，它在一块岩石旁停下来。鸭脚猎犬在后面穷追不放，这次它仅仅用了 19 分钟就追到了这里。

老乔叹了一口气，只得继续向前走。天都快亮了，现在急需找到一处安全的地方，而唯一安全的地方就是那棵巨大的梧桐树。

在经历了此生最令它讨厌的一晚之后，它终于回到了梧桐树那里，利索地爬了上去。老乔希望鸭脚猎犬追踪过来时会溺死在这个沼泽里。可是 1 小时 16 分之后，鸭脚猎犬竟然追到了梧桐树下。它正大声地向世界宣布老乔爬上了它最喜欢的那棵梧桐树。

老乔再次叹了一口气，然后将身体蜷缩起来。正当它要开始打盹的时候，它意识到一件事：鸭脚猎犬是一只难对付的猎犬！

第七章
凯比小姐

　　哈奇的书本是用废弃的旧马缰绑起来的，当其他人沿着泥土路快步行走的时候，他却因为挂在肩膀上的马缰举步维艰，背着那些书本心不甘情不愿地向凯比小姐的学校慢慢走去。

　　那家学校就在十字路口处，三天前刚刚重新加固过，总体来说，现在它能更好地抵御暴风雨的袭击。每年秋天，在收割完所有庄稼之后，阿瑟都会让哈奇来这里接受教育。阿瑟很早就认识到高等教育的重要性，因此他让哈奇接受教育的信念也从未动摇过。

　　当哈奇经过一座木桥时，他低头看着桥下不断翻滚的河水，它们都将汇入柳树河里去。哈奇闷闷不乐地注视着冰冷的河水，每天晚上都有浣熊沿着河流徘徊，他多么希望自己也是一只浣熊啊。

尽管浣熊也有它们自己的苦恼，但是哈奇想象不出来，比起一直被逼着锄玉米地、挤牛奶、喂猪、投干草、挖土豆或者其他多数人都无法忍受的可怕任务，还有什么事会更糟糕呢。这些都还不算什么，毕竟杂务也不是他完全忍受不了的，现在最让他痛苦和绝望的是他没有了人生的目标。

阿瑟生气咆哮着："从这一秒开始，你别想再耍小聪明愚弄我！你知道的，我会将奶牛关在这里整整三个星期，它们不能到牧场吃一口草！"

哈奇用他右边鞋子的后跟蹭着他左小腿的胫骨，再次渴望自己能变成一只浣熊，就算是一只树熊也好。被猎犬逼入绝路总比成为奥菲莉娅·凯比小姐的学生要好。

抓住马缰的最末端，哈奇旋转着那些书本，让它们在他头边转来转去。但当皮带就要松开的一刹那，他甚至想象出它们即将飞出的完美弧度并为此沾沾自喜时，哈奇拉住它们又重新掷回肩膀上。

他叹了一口气，慢悠悠地向着十字路口的方向走着。就算阿瑟不出现，他也不可能扔掉书本，然后跑到翻滚着的河水中探险。以前他因逃避农活而离家出走，最坏的惩罚是挨阿瑟的巴掌。但是今非昔比，如果今天早上他没有去上学的话,哈奇将在接下来的许多天的早晨(天数由阿瑟决定,只要他觉得有必要)都看不到他那心爱的猎枪。哈奇再次想起他曾经经历过的这种残忍的情景,那简直是残酷的折磨,超出了他能承受的范围。阿瑟将他的猎枪拿走了,锁在工具箱里,并把钥匙放进自己的口袋里,随后对哈奇说道:"瞧见了吧!现在快点上学去,我到时会去找凯比小姐,看看你是否真的去上学了!"

哈奇再次悲哀地叹了口气。一个男子汉可以承受山核桃棒的抽打,但是如果他失去了自己的猎枪,这将比夺去他的生命还要让他痛苦。阿瑟是个言出必行的人。哈奇觉得自己掉入了一个邪恶的圈套里,而且看不到一丁点儿逃脱的希望。

哈奇抬头看了一下太阳,又看看树投下的阴影,推断出现在离 9 点还有 45 分钟。凯比小姐会在 9 点召集她的学生们,并分派学习任务。

罗·斯坦菲尔德、巴特·约翰逊、贝尔宾·克劳福德和米尔·多姆斯特等全部住在阿瑟·芒地农场的上游。梅里·卡森和派因·黑格林则住在下游。哈奇常常会大摇大摆地经过梅里·卡森的农场。虽然梅里·卡森对成为父亲这件事充满了热情,但他生出来的却是清一色的女儿,她们个个端庄美丽,而且都已成年。前面年龄最大的四个女儿都已幸运地找到了终身伴侣。虽然梅里剩下的八个女儿都觉得哈奇去上学这件事简直是个奇迹，但她们还是一致认为没必要嘲笑哈奇，给他的伤口上撒盐了。

派因·黑格林则是个儿子专业户，他足足有七个儿子！前面六个儿子完全是派因的翻版。据说，如果有人想让派因或他那六个儿子捧腹大笑的话，那只需要将一个老掉牙的笑话讲给他们听就可以了。

派因最小的儿子名为迪伯。他是在万圣节那天出生的。那天肯定每个路过派因家的女巫都摸过迪伯·黑格林，她们纷纷将一些受诅咒的礼物赠给了迪伯，其中一份礼物是一根像大黄蜂的毒针一样毒的舌头。

迪伯比哈奇大三个月，他没去上学。而哈奇不得不上学这个事实，让迪伯找到了无穷无尽的乐趣。因此哈奇一点儿都不想碰见他。

在离黑格林的农场还很远的地方，哈奇走进树林。迪伯虽然不是一个笨拙的猎人，但是他从来没在哈奇曾经所在的斯塔克学校里上过学。

想到迪伯，哈奇不禁发出一声轻蔑的窃笑。那个只知道2加2等于多少的人，应该已经知道哈奇将会路过此地，去凯比小姐那儿读书。他可能已经提前半小时起了床，目的就是为了等哈奇经过时可以肆意嘲笑、侮辱他。

森林里那阴森的氛围吞噬了它所能带给哈奇的所有

美好幻想。凯比小姐和她的学校就在前面不远处了,他时刻提醒着自己最好能准时到达那里,否则他马上就会有麻烦的。哈奇一边走,一边在脑子里琢磨着一些东西——

鸭脚猎犬长得就像玉米地里的一棵杂草似的,非常不起眼。在一般人的眼里,它跟其他笨拙的小猎犬没多大分别。但是如果仔细观察的话,就会发现它其实具备各种令人惊叹不已的天赋。在地窖里发生的一件事就证明了这一点。

因为天气炎热,肉的保鲜时间很短,在夏天的几个月里,柳树河沿岸地区的肉的价格都一路水涨船高。因此当人们屠杀牲口的时候,往往会跟邻居们一起分享。

有一天,米尔·多姆斯特杀了一头猪,将一条猪腿和一块猪腰送到芒地家。阿瑟打算将它们贮存在地窖里。那里的门是用一根门闩关上的,要通过拉动一根从门上吊下来的绳子才能把门升起来。鸭脚猎犬在不远的地方懒散地坐着,乍看上去好像在专心地抓耳朵后面的跳蚤。一旁的阿瑟正忙着把猪腿放到地窖里面去。没多久,当他从地窖回来准备拿猪腰肉的时候,发现刚才放肉的地方已经空空如也。他顿时暴跳如雷,怒骂着走回屋里并将他的猎枪拿了出来。因为科里皮山上没有一个农户会去抢劫自己邻居的地窖,所以显然是一只又饥饿又不道德的入侵者闯进了这里。可是阿瑟什么足迹都没找到，气恼地为这个小贼贴上了狡猾的标签。

哈奇发觉了一些异常情况。鸭脚猎犬的食量非常大，平时它吃东西的时候都是狼吞虎咽的，可是今天当食物摆在它面前的时候，它却一点食欲都没有。阿瑟说这没什么，因为鸭嘴猎犬早上在柳树河里打了一场漂亮的胜仗，战利品是一只野鸭，应该是这只鸭子让它填饱了肚皮。而哈奇却一点儿都没听进去，只是出神地看着地窖。

当鸭脚猎犬走向门口的时候，夜晚才刚刚拉下帷幕。它后腿直立，用牙齿扯下那条牵引着门闩的绳子一溜烟地钻进了地窖。阿瑟如果知道了，一定会勃然大怒，所以哈奇不会出卖这个小偷，于是他将旧的门闩砍断，换上一根不需要绳子索引的外闩。

这是鸭脚猎犬失踪整整一个星期前发生的事。阿瑟认为这并不奇怪，他说现在整天有野鸭在柳树河上徘徊，鸭脚猎犬肯定是去寻找它的父亲了。但是哈奇并不是这么想的。

他曾经跟鸭脚猎犬一起沿着柳树河岸散步或者在野鸭经常出没的季节靠近水塘边，然而鸭脚猎犬不但没表现出鸭子的习性，反而对那些野鸭一点儿兴趣都没有。

哈奇想：有可能出现了一只浣熊，说不准是老乔，鸭脚猎犬追上了它，还将它赶上了树，然后一直守在树下，直到自己筋疲力尽，不能再待下去为止。但阿瑟对这种观点嗤之以鼻。他说鸭脚猎犬还是只小狗，谁都知道它从来没追踪过浣熊，怎么会自学成才地去追捕，而且对象还是老乔呢？哈奇一定又在做白日梦了！他确实梦到任何小狗都可以将一只浣熊赶上树，并在树下守三个星期之久。但现实中就算是猎犬贝苏也不可能守这么久！

哈奇只知道当鸭脚猎犬终于回到家的时候，已经瘦得跟黑草莓藤一样，还不断回头往森林那边的方向看。如果它真的没有追踪过一只浣熊，那应该跟往常一样才对。

就这样想着想着，哈奇突然想起他只剩下不到 4 分钟的时间了。于是他撒腿就跑，刚好在上课铃的最后一声钟声中冲进了凯比小姐的学校。

这家学校只有一间房，两侧是柴棚。柴棚有学校本身的一半那么大，里面是常见的大肚火炉。教室里一共有 6 排椅桌，每排有 5 张桌子，第一排就一张桌子，是为凯比小姐准备的办公桌，和桌子并排放着一条粗木长凳，这条长凳是给不同年级的学生被点名前来背诵的时候坐的。凯比小姐的办公桌的后面是黑板。这些教育设施可能都很简陋，但是毕竟跟没学校比起来，已经是一个不小的进步了，三年前在这条十字路口上还没有学校呢。

哈奇急匆匆地跑了进去，同学们都已各自入座了。

一年级的学生有梅里·卡森和罗·斯坦菲尔德的小女儿们、巴特·约翰逊和米尔·多姆斯特的小儿子们,他们是一年级里最大的。越往高的年级人数就越少,而女孩的人数却相应增加。因为男孩足够大就可以在家里帮忙干活,所以几乎不太可能将时间浪费在学校里了。于是就只剩梅琳达·卡森和玛丽·卡森在读五年级,哈奇读六年级,米尔德里德·卡森和明妮·卡森分别读七年级和八年级。

当哈奇走进来的时候,凯比小姐亲切地对他微笑着。

"早上好,哈罗德。"她向哈奇打招呼。

"早上好,夫人。"哈奇含糊地回答。

"你爸爸的庄稼都收割了吗,哈罗德?"

"都收割了,凯比小姐。"

哈奇知道自己的大名叫哈罗德,但是他真希望凯比小姐不知道,一阵局促不安的感觉随之涌了上来,他巴不得在地上找个洞钻进去。人群像一道围墙一样把他重重包围住,周围几乎全是女生,只有一个跟他差不多大的男孩——米尔,他是多姆斯特十岁大的儿子。

凯比小姐能够理解哈奇的尴尬处境,于是她没有再追问他。哈奇坐回自己的座位上,而双眼却一直盯着十二岁的梅琳达·卡森那洁白细长的脖子的后面。他在想一个纸团能否打中她的脖子。最后他决定还是不要扔了,因为她并不值得自己这样做。

没多久,一年级的学生开始被凯比小姐叫去背诵。哈奇突然间想到阿瑟对书本知识的热忱很少会超过三个星期,心里便感到一阵安慰,于是慢慢沉入了梦乡。

在梦里,他从阿瑟那里拿回了自己心爱的猎枪,鸭脚猎犬紧紧追在一只浣熊的后面,没多久,他们听到它的吠声,阿瑟和哈奇马上向树林那边跑过去。

"哈奇,"阿瑟说,"把灯光照向浣熊的方向。"

哈奇正准备将灯照向树上的浣熊,同时感觉到有话语不断地在耳边重复着,他睁开眼发现凯比小姐就站在他的面前,对他说:"哈罗德,你这么快就做起梦来啦?"

"是的,小姐。"哈奇小声地说。

"那么,你过来吧。现在轮到六年级背诵了。"

哈奇站起来,拖着双腿不情愿地向那条长凳走去。走到椅子边,他一屁股坐了下来,低着头,缩起双肩,又将手插进口袋里。他心想:以后再也不会把浣熊关进笼子里了,也不会训练鸭脚猎犬做那样的事了!因为他深刻地体会到被关在笼子里的滋味了。

"你的功课能赶得上吗?"凯比小姐问。

"能赶上。"哈奇回答。

"你在用哪本书?"凯比小姐有点不太相信地问道。

"是我去年用过的那本书。"哈奇含糊地说。

凯比小姐皱了皱她那漂亮的眉头，哈奇去年用的书是给五年级的学生用的。在众多的学生中，只有哈奇是从四年级开始读起的，因为他年龄太大，不能从一年级开始。凯比小姐又深深地皱起了眉头。

她知道哈奇最多只有四个星期的时间来接受她的教育和感化。其实能有四个星期已经算是很幸运的事了。凯比小姐脆弱的身体里潜伏着像花岗岩一样坚强的意志，她相信如果教育方法得当，四个星期足以改变这个年轻人，让他不再像先辈那样野蛮而无礼，至少能让他感受到一丝真理的光芒的照耀。

"很好，"她和蔼地说，"那么我们来一起回顾一下你上一年学的算术。如果一个农民收割了 30 吨的牧草，然后将其中的三分之二卖掉了，剩下的用来饲养牲口，他有多少饲料可供使用呢？"

哈奇紧张地用双脚摩擦着地面，眼睛越过凯比小姐，盯着她背后的黑板。他说："我从来都算不出这样的题目，凯比小姐。"

凯比小姐说："这道题一点都不难。"

"其中一部分不难。"哈奇承认，"但是他卖了 20 吨的牧草之后，就会希望把剩下的也赶紧卖出去的，否则那些牧草会枯萎！"

凯比小姐无奈地叹了一口气。她马上明白了，这些未经教化的男孩们的脑袋并不愚蠢。任何一个可以正确地算出 30 的三分之二的人，应该很快就能想明白从 30 中减去 20 就可以得出答案。

她循循善诱道："来，哈罗德，打个比方说如果你有 30 个马铃薯，将 20 个分给别人之后，你还剩下多少个？"

"10 个。"哈奇立即回答，"但是现在我们是在谈论几吨的牧草呀，不是在谈论马铃薯。"

"你是哪里不明白？"凯比小姐追问。

"剩下的牧草是给什么家禽吃的呢？还有它要吃多少牧草？"

听到哈奇的话，其他学生都哄堂大笑了起来。凯比小姐敲了敲桌子以维持秩序。她心里逐渐形成一个巧妙的计划——她可以通过谈论一些哈奇熟悉的东西来激发他的学习兴趣。

"哈罗德，你有为即将到来的季节准备一只优秀的浣熊猎犬吗？"

提到浣熊猎犬，哈奇马上来了精神。当哈奇充满热情地详述贝苏遭遇的不幸和老乔的诡计时，凯比小姐安静而又耐心地听着。他足足花了 8 分钟的时间才讲到最惊险的高潮部分——发现鸭脚猎犬。接着他十分认真地说："它的爸爸是一只鸭子。"

"一只鸭子！"凯比小姐顿时倒抽了一口冷气。

"不是一只粗俗的鸭子。"哈奇耐心地解释道,"它是一只又大又老的鸭子,年龄比老乔还要大,它一直隐居在森林里,只为等候着贝苏的出现。"

听到这里,凯比小姐的双眼里仿佛燃起了一种革命战士般的热情。她知道现在是打击哈奇的无知和迷信的良机,这些东西阻碍他走向更文明的生活。凯比小姐从这个男孩的身上看到了他父亲的影子,她很乐意帮助哈奇打开枷锁,相信他爸爸也一定很乐意解放自己孩子的思想。

她开口说:"哈罗德,这是不可能的。"

话题逐渐开始升温,凯比小姐用几百句精心挑选的言词简述了伊甸园、追溯了人类的历史、剖析了巫婆和女巫猎人,并解释了有关遗传学的法则,最终证明了一点:一只浣熊猎犬是不可能跟一只野鸭子相结合的。

哈奇认真地听着,显得饶有兴致。讲故事的时候,他总是很乐意听。凯比小姐总比阿瑟要好,她几乎能和梅里·卡森媲美。但这并不是因为凯比小姐在黑暗中给他指点了迷津,而是哈奇自己也不太相信鸭脚猎犬是一只野鸭所生,只是之前没有足够的证据来证明这一点。

"那么,哈罗德,你可以证明给我看吗?这世界上有你说的这种鸭子吗?"凯比小姐最终这样问。

哈奇说:"小姐,我证明不了。"他在心里暗暗嘀咕道：我是证明不了真的有这种生物，但是同样的，凯比小姐你也证明不了这世界上就真的没有这种生物。

难以置信，漫长的一天就这样轻松地结束了。哈奇将凯比小姐发给他的新书用马缰绑好之后悬挂在肩膀上，然后沿着大路一直往回走。他有一种不好的预感，可能会遇见迪伯·黑格林，当哈奇看到迪伯在等他的时候，事实证明他的预感是对的。

迪伯·黑格林用一种让绵羊都会发狂的声音挖苦道："哈奇，你看到凯比小姐了吗？她给你好好地洗洗脑了吗？"。

哈奇将马缰从右手转到左手。迪伯在一旁凭想象模仿着凯比小姐那种女性的步态，走起来活像一只摇摇摆摆的大肥鸭，他一步步朝哈奇踱过来。

他开始说："你已经看到了……"

当他们靠得足够近的时候，哈奇猛然挥动他的拳头。

迪伯发出了一声尖叫："哎哟！"

哈奇高兴地跳起舞来，接着继续向前走。如果能让迪伯·黑格林的鼻孔流血的话，这一天就没有完全被白白浪费掉。这称得上是这一天里最令人高兴的事情了。

猎熊犬

第八章

梅 琳 达

　　梅里·卡森此时正坐在一个翻倒的腌菜桶上,气急败坏地埋怨着命运的不公平。就算他不是过得最好的,起码也不能是过得最差的那个。那为什么有些人可以骑着马车自由自在地去兜风,而有些人却被拉车的骡子踢了一脚呢?

　　梅里小心地挪动着他的右脚,这是令他苦不堪言的最新原因。他愤怒地注视着那两根拐杖,离开它们,自己就会变得软弱无助。这对他来说无疑是个沉重的打击,他坐在那回忆着,自己的一生好像从来没有顺利过,打击总是接连不断地出现。

　　尽管他是做了父亲,但是实际上却连一个儿子都没有,这让梅里感到很绝望。他今年已经六十七岁了,怎么能将一只浣熊猎犬和这几十年里所积累的大量关于浣熊的学问传授给一个女孩子呢?

这时房子里传出一声响亮的婴儿的哭声,梅里不禁打了个冷战,他费尽全力才克制住没用双手捂住耳朵。他并不是不爱他的女儿们,也不是没为她们尽一个父亲应该尽的责任,而是实在难以接受这正在婴儿床上哭喊的第十三个孩子也依然是个女孩!

梅里点了点他后代的名单:玛里琳、玛克辛、玛莎、密涅瓦、玛格利特、米尔德里德、梅琳达、玛丽、穆得、玛西、玛塞拉、米歇尔。他曾经有过希望,希望女儿都生完了。可是玛丽的出生却让他的希望彻底破灭了。

梅里常常怀疑自己是不是在月亮呈现凶兆之日出生的,他甚至怀疑自己可能出生前就落入了命运的大网里。对于自己的生育本领,他也是纳闷至极,当他想问问父母的时候,二老也都长眠于地下,已经来不及了。

他沉重地叹了一口气,十三个女儿是十三个活生生的事实,没人能改变。只有少数情况下——当她们不吵闹时,有女儿们围绕在身边是件令人开心的事情。可是该如何排解他其余的不幸呢?

梅里回忆起一连串完全是以悲剧而告终的事件。

晨光,是他的小狗的名字。它是由罗·斯坦菲尔德家的猎犬奎妮和巴特·约翰逊家的迅雷猎犬所生的,所有

猎熊犬

迹象都表明它将会成为一只少有的优秀浣熊猎犬。假如它能遗传到它父母其中一方的本领，梅里都会感到满足了。更别说人们都见识过并相信它身上综合了父母双方的优点。

晨光必须先接受一些训练。今天，在这个秋天里无与伦比的舒爽夜晚，罗·斯坦菲尔德将带着奎妮，巴特·约翰逊将带着迅雷在阿瑟·芒地家里会合。他们打算去捕捉浣熊。阿瑟和哈奇将带着鸭脚猎犬一同前往，他们也邀请梅里带着晨光一起去。

而这件曾经能让梅里感到愉快万分的事，现在却反倒让他难过不已。真是倒霉透顶了，他昨天居然被一只骡子踢伤了！

梅里痛苦地呻吟着。晨光和鸭脚猎犬本来有机会在奎妮和迅雷这样的高手的训练下增长技能的，现在却一切都泡汤了。梅里心里想，他到底做错了什么才招致了这样的灾难呢？

毫无疑问，鸭脚猎犬必定会去，想到它，梅里真嫉妒阿瑟能有这样的好运气，为什么自己就一点儿都没有呢？失去猎犬贝苏对阿瑟来说是个沉重的打击，但是他却无意中找到了贝苏的小狗，尽管它有一半是鸭子的血统，但是它可能跟自己的母亲一样优秀。为什么阿瑟一家能如此幸运呢？

当他看到一辆骡子拉的四轮马车从背后的畜棚出现时，他苦涩地环顾着四周。晨光在马车背后悠然自得地走着。原来是由梅里的四个女儿组成的工作组又将另一车玉米载回来了。梅里将目光锁定在梅琳达的身上。

她现在 12 岁，像刚出生了一星期的小马一样漂亮。她牵着的那头骡子正是那天他追浣熊的时候踢了他一脚的罪魁祸首。她竟然能比她爸爸更熟练地驾驭那匹骡子。梅里困惑地皱起了眉头。

梅琳达本应该是个男孩，她是个行动派。梅里甚至为了她将小猎犬晨光换了回来，让两个小家伙能够一起成长。一定是老天捉弄他，因为梅琳达本应该是个男孩子。

她扔石头扔得比哈奇还要远；梅里自己都不能诱捕的钙鱼，她却能轻而易举地将它抓住；她能完美地驾驭那些热衷于尥蹶子的骡子；男孩能做的大多数事情，她都不在话下，而且做得比他们更为出色。如果这些事实还不够具有说服力的话，晨光对她满怀热情的崇拜绝对是最有力的证据。猎犬很少会对一个女孩产生这种崇拜之情。

梅琳达将四轮马车拉回畜棚里放好，而她另外三个姐妹则开始将玉米卸下来。她将骡子身上的绳子解开，然后把它们纷纷赶回骡棚。梅里的脑子里冒出来一个坏主意。他想一个女孩子在一场浣熊的狩猎活动中一定会

猎熊犬

受欢迎。这时,梅琳达从螺棚里走出来并走向屋里。梅里迅速在心里做出了决定,于是叫道:"梅琳达!"

她步履轻盈地来到梅里面前。她问:"什么事呀,爸爸?"

"罗·斯坦菲尔德和巴特·约翰逊今天傍晚将在阿瑟·芒地家碰头,他们打算带上鸭脚猎犬一起去追捕浣熊,你带上晨光一起去,如何?"

"爸爸,你说的是真的吗?"

"我亲爱的女儿,当然是真的了。"

梅琳达很高兴,她弯下腰亲了她的爸爸一口。女儿的亲吻是如此甜蜜,梅里突然为那些没有13个女儿的不幸父亲而感到难过。

哈奇尽可能将自己的身子蜷缩着,他十指交叉着以祈求好运的降临,衷心祈祷着阿瑟忘记了他还活着这个事实。但想象中的暴风雨般的打骂并没有来临,他想一定是哪里出问题了。

在凯比小姐的学校里待了整整十一天后,哈奇实在是不堪忍受这种折磨了,因此当碰巧看了一下广阔的牧场时,他就下定决心好并打算不再去上学了。五点半时,他跑去给奶牛挤奶,将所有的奶牛都放了出来,但是他放出来的时候有6只奶牛,而现在只剩下了5只。那只身上长满斑纹的老奶牛——伯林杜，是芒地农场出了名的坏脾气的奶牛，它可能一时兴起出去散步去了。但不容小觑的一点是它跑起来的时候跟野鹿一样快，如果它受够了人类并决心摆脱束缚的话，要抓住它将不会是一件简单的事。

"你最好帮我把它抓回来。"阿瑟说。

"好的,爸爸。"

这些奶牛很少离开家，显然它们明白自由的生活并不是自己真正追求的，因此伯林杜自己跑了回来，回到了它曾想离开的那片牧场里。可是阿瑟并没有转过头来大声咆哮着让哈奇上学去，而是保持一言不发的样子。这一点让哈奇觉得很意外。

事情解决得太容易了,这就是令他不安的原因。哈奇不敢妄想阿瑟会让他参加捕猎浣熊的行动，而不是将他送去学校。以往的经验让哈奇知道预测阿瑟的行动比预测一只沙蚤下一步要跳往哪里还要难。

在他没弄清楚这一切之前，哈奇想他最好还是保持沉默,沉默不单是宝贵的,它的价值堪比纯银、真金和钻石！如果阿瑟突然想起要将他送回学校，那么除了乖乖顺从也毫无办法。但是如果他没想起来，一句不小心的话随时都可能会提醒他送自己去上学这件事。

当阿瑟穿上他那条只有去捕猎浣熊时才会穿的长

猎
熊
犬

裤、马靴,并将他在这种场合才会戴的那顶帽子的边卷起来的时候,哈奇在旁边偷偷地看着他。阿瑟向工具箱走去,将专门用来捕猎浣熊的斧头拿了出来。

"哈奇,"他大叫了一声,"你的猎枪怎么放在我的工具箱里?"

"什么?"哈奇希望自己表现得天真无邪,"我的猎枪在里面吗?"

"把它拿出来!"

从伯林杜逃走到现在,哈奇才终于松了一口气。如果阿瑟已经忘记了他为什么要将自己的猎枪充公,那么表明他也已经忘记了上学这回事儿。折磨终于结束了,至少今年不用再上学了。他终于获得了自由,可以将精力集中在重要的事情上了!在不久的将来,唯一重要的事就是盼望夜晚的来临,好让他们可以去捕捉浣熊!

傍晚终于到来了,奎妮和迅雷已经分别武装好,罗·斯坦莫尔德和巴特·约翰逊跟着它们一起来到了阿瑟·芒地家。老练的猎犬都着装打扮好,在一边嘲笑着鸭脚猎犬,鸭脚猎犬也不甘示弱地回瞪它们,独自蜷缩在门廊上。

到现在为止,没有人知道梅里会让他的女儿来代替他参加这次活动。当奎妮、迅雷和鸭脚猎犬发出断断续续的吠叫声时,所有人都认为梅里应该很快就会加入到他们的行列中来了。为了参与这项活动，梅里会遵从科里皮山某些特定的礼仪，连开门和行走的方式都要遵从仪式的规定。

可是梅里并没有进来，这时有人在敲门。四位猎人首先表现出的是惊讶。然后他们相互对望了一眼。哈奇自告奋勇去开门，于是他走出去，刚打开门就发出一声惊叫，吓得奎妮惧怕地往后缩了一步，而迅雷则马上从门廊上仓皇而逃。

"你来干什么？"

梅琳达声音颤抖地说："你好，哈罗德。"

只见她穿着一条她经常穿的男式长裤（在上学的时间之外，她一直都喜欢穿男式长裤）、一件男装T恤。她的T恤很帅气，穿在她身上马上打破了"女孩不能扮男装"的这种说法。她还穿了一件斜纹牛仔夹克，脚上穿着一双很旧的包跟鞋，头上戴着一顶男式帽子，帽子后面露出她那漂亮的黑色鬈发。梅琳达没有再看哈奇第二眼，直接绕过他向厨房走去。

她边走边大声宣布："我爸爸被骡子踢伤了，不能来了，我将晨光带来了。"

阿瑟说："非常好！我们会帮你照顾好它并保证将它安全地带回来的。"

"噢，我自己会将它带回来的。"梅琳达说，"爸爸很期待我能做到。"

"我很高兴你愿意来。"阿瑟说，"可是我和哈奇都不在家，再说我们家可能不适合一个女孩儿住，何况我们可能会出去整整一个晚上呢！"

梅琳达再次保证："阿瑟，这方面你完全不需要担心，我会跟你们一起外出打猎。"

听到这里哈奇差点呕吐出来。梅琳达刚好转过身来面对着他。

她用甜美的声音对哈奇说："哈罗德，你的声音听起来怎么好像刚刚吃了青苹果呀？"

"你为什么不直接回家去？"

"哈奇！"阿瑟怒喝了一声，但是声音不是很大，"管住你的嘴巴！"

梅琳达说："谢谢您，阿瑟！"她年轻的声音里明显带着啜泣，楚楚可怜地说，"您是希望我一同前去的，对不对？"

"嗯啊，这个——"阿瑟结结巴巴地说，他向罗·斯坦菲尔德求救，"我们都欢迎她的加入，是吗？"

"嗯啊，这个——"罗·斯坦菲尔德只得效仿阿瑟看向巴特·约翰逊。

巴特结结巴巴地说："哎呀！哎呀！哎呀！"最后他将

目光定在哈奇身上。

"你瞧！"梅琳达洋洋得意地说，"其他三个人都想我一起去，现在你有什么好说的？"

"我真希望等一下你会掉进泥潭里！"

"哈罗德！"梅琳达皱起来她可爱的鼻子，"你真讨厌！"

"如果你真的掉进去的话，我会从你头顶上踩过去的！"哈奇继续说。

"哈奇！"阿瑟大声怒喝，"注意你的言辞！"

"那么，让我们一起去打猎吧！"罗·斯坦菲尔德说，"让我们出发干一番大事业吧！"

第九章
被赶上树的老乔

罗·斯坦菲尔德提着灯笼,巴特·约翰逊举着火把,都是用来照那些被赶上树的浣熊的。巴特·约翰逊还拿着一杆 A22 猎枪,是为了将浣熊赶出树洞用的。阿瑟拿着那把用来捕捉浣熊的斧头,梅琳达带着平静的自信,而哈奇则怀着悲伤的心情,他觉得世界末日就在眼前。就这样,他们几个在夜间出发了。

哈奇简直不敢相信这事是真的。当一个女孩插足一场捕捉浣熊的活动时,那么什么事都有可能发生,而且他隐约有种不好的预感。

哈奇通过想象这次狩猎的情形来安慰自己。他幻想着梅琳达掉进了一个又冷又湿的泥潭里,在夜里慌张地向哈奇求助。哈奇明明听到了,却任凭她无助地呼喊,直到最后一刻，当她整个人都要沉没在那绝无生还可能的泥潭里时，哈奇像勇士一般出现了，一把将她从泥潭里拉了上来，安全地护送她回到家，然后在梅里·卡森的门槛上得意地擦了擦脚上的泥。想到这里，哈奇感到很满足。

"你等着瞧！"他听到自己说，"我会让你知道女孩是不应该出现在捕捉浣熊的活动中的！"

哈奇郁闷地叹了一口气。尽管这些幻想令人愉快，但并不可能改变一个女孩已经插足此次狩猎的事实。哈奇将自己的思绪从梅琳达身上抽回来，尽力让自己集中在一些令人愉快的东西上。于是，他开始比较那四只猎犬。

奎妮像一名工作速度缓慢却有条不紊的劳动者，它所进行的追踪从来没有一次失败过。但是他们从没有抓住过它追踪的那些浣熊，因为有些钻进了被岩石包围着的地洞，有些通过暗地里的密道逃走了。奎妮是凭借舌头来进行追踪的，它是极少数能将老乔赶上那棵超大的美国梧桐树的猎犬之一。

晨光，至今仍未有实战经验，可能不会采取和它妈妈一样的狩猎方式。

鸭脚猎犬，不论是哈奇，还是其他人都不相信它已经追踪过老乔，还将老乔赶回过它的梧桐树上。因此，它独特的狩猎方式仍是未知数。但是哈奇坚信，经过适当的

猎
熊
犬

训练,鸭脚猎犬一定会大放异彩,晨光也会做得很好。

迅雷,是科里皮山上继贝苏之后最优秀的浣熊猎犬之一,这一点从来都不需要怀疑。它的体形很大,脚掌修长,而且非常强壮有力。迅雷是另外一只通过追踪老乔至梧桐树并将它赶上树而出名的猎犬,它擅长悄无声息地追踪猎物。当它将浣熊赶上树之后,叫声会变得异常响亮。它可不是徒有虚名,而是名副其实。迅雷的动作就如闪电般迅速,它经常能在地面上抓到浣熊,已具备六年捕捉浣熊的经验。目前,它应该是这四只猎犬中最优秀的一只。

哈奇觉得无论从哪个角度看,它们四个都是最佳组合。迅雷冲在最前面并随时准备攻击浣熊,奎妮以自己特有的追踪方式负责找出浣熊的足迹,并不时地宣布迅雷的去向。何况今晚还有鸭脚猎犬和晨光这两只品质优良的小猎犬一同作战。它们今夜将战无不胜!任何一只浣熊都不是它们的对手,可能只有老乔能幸免于难。但即便是老乔,要同时面对它们四个,相信也不会好过到哪里去。

想着关于浣熊的事,哈奇的不良情绪得到了缓解。

只要是容易取得的东西,浣熊都能充分地加以利用。冬末,当它们从窝巢里爬出来的时候,会用树芽、嫩草和

花蕾填饱肚子。随着季节的推移，浣熊也跟着改变食谱。当春洪退潮时，它们又经常跑去捕鱼，捉青蛙、小龙虾、贝类，等等。当园林里的果树开花结果之时，浣熊会将它们的食单改成各种各样的果实。无论是野外，还是园林里的果实都会引起浣熊的注意，而那些栅栏里的各类家禽也常常被它们用来加餐。

在现在这个季节里，青蛙已经去冬眠了；鱼儿在池塘深处徘徊，就算是老乔也不可能从那么深的地方将鱼儿抓起来；小龙虾和贝类差不多都已经被捡完了；草木也干枯了……浣熊将精力集中在挤满玉米的田地，还跑到山毛榉树林和橡树林里寻找掉在地上的山毛榉和橡子。

在罗·斯坦菲尔德的带领下，他们向山毛榉林走去。

哈奇用舌头舔了舔嘴唇。罗带领大家前往的小树林位于柳树河的对岸。柳树河现在正处于低水位，河里很多石头都露出了水面。但是在晚上，还是提着灯笼的情况下，要跳过这些石头还是很有难度的。哈奇不敢确定他是否能在不沾湿衣裳的前提下顺利地跳过这些石头。

看来这个有女士插足的捕捉浣熊之夜很快就会结束了。哈奇祈祷着，如果梅琳达掉进河水里并把她的腿擦伤了的话，那就皆大欢喜了。

当罗高高地提着灯笼，以便看清楚他们要走的路时，柳树河在灯光的照射下波光粼粼。他看清楚了，那是一条围绕着外露的石头缓缓流淌的小湍流。哈奇在黑暗中咧开嘴笑了，他觉得跳过河去看起来好像并不难，可是要顺利地跳过去没有诀窍是不行的。

一旦开始跳了，就没有后路可退了，而且这些石头之间的间隔是不均匀的，必须自己调整每一次跳跃的距离。因此，要在完全不弄湿自己的情况下跳过这些石头，是要有一定的经验才能做得到。

哈奇突然发现了一个让他震惊的事实。迅雷、奎妮、晨光仍跟在猎人们的后面，但是他没看到鸭脚猎犬。哈奇顿时打了个哆嗦，然后用左手的拇指在右手的掌心里画了个圈。不久前，他还看到鸭脚猎犬将它的鼻子挤进摇摇欲坠的棕榈树丛中。哈奇刚才画的那个圆圈一定可以将它带回来。他相信，无论它身在何处，最后一定会回来的。

可是鸭脚猎犬并没有回来。哈奇感到脊背上传来了阵阵的凉意，但这种凉意并不是来自于结霜的夜晚的寒冷。阿瑟断定鸭脚猎犬是半只鸭子，虽说凯比小姐说这不可能，但哈奇不知应该相信哪一种说法。

他又揉了揉眼睛，但是依然只有三只猎犬陆续跨过那条小湍流，加入到猎人们的队伍中，一起向对岸聚拢过去。哈奇只得跟着跳上了那些石头。

如果他一心一意地跳的话，他可能已经十分安全地跳过去了。可是鸭脚猎犬在他的脑海中挥之不去。当他做好准备用左脚的鞋底碰触一块大圆石的时候，不幸估计错误，脚跟踩在了石头上。这个失误破坏了他跨越的步伐，上一步太大，使得下一步要跨的距离缩短了，他没能安全地在一块能让他保持平衡的平顶石上着陆，而是跨远了，直接跨入了冰冷的河水里。

在这样的情况下，只有那些有着丰富经验的岩石跳跃者才能避免全身湿透，哈奇不得不向前扑，以求平衡。然而，他转念一想，既然双脚都已经湿透了，那就干脆蹚着水走完剩下的路程吧。

他听见梅琳达说："真的，哈罗德，你跳得相当笨拙！"他看了她一眼，她浑身上下一点都没湿。

梅琳达的话，哈奇将会铭记于心，因为这句话伤害了他的自尊。哈奇决定，下次去凯比小姐的学校上学时，一定要让梅琳达有个难忘的经历！

因为哈奇目前不能对她做什么，但至少可以当她不存在。于是哈奇转过身去，用背对着梅琳达，对阿瑟说："鸭脚猎犬不见了。"

阿瑟说："如果它没跟着来，那就麻烦了。你什么时候发现的？"

"在柳树河的另一边的时候。"哈奇用一种沉静的语气回答道，"上一分钟它还在我的视野中，下一分钟它就不见了,你说它是不是长了翅膀飞走了?"

"有可能!"阿瑟说,但是正当他想要接着说的时候,梅琳达打断了他的话:"胡说!"

哈奇一听便火冒三丈,立刻把刚才那个不理会她的明智决定忘得一干二净,他吼道:"你知道什么!"

"别冲我发脾气,哈罗德。"梅琳达责备道,"认为鸭脚猎犬有一半鸭子的血统的观点是相当愚蠢的。"

哈奇将胳膊往后一扬,说:"愚蠢,我现在很想——"

"哈奇!"阿瑟训斥道,"男人不能打女人!"

哈奇愤愤不平地说:"为什么她们不让一让男人啊?"

"哈罗德,你真幼稚!"梅琳达甜甜地说,"其实很简单,鸭脚猎犬一定是离开这里去了别的地方,或者它可能累了,然后就回家去了。"

哈奇努力想说话却气得喘不过气来。如果说鸭脚猎犬不可能有一半鸭子的血统是一种轻视的话,那么说它因为累了而退出捕猎浣熊活动的说法,对猎犬来说简直是极大的侮辱!

哈奇大声尖叫道:"它没回家!"

"冷静点,哈罗德。"梅琳达说,"你不需要制造这么多的噪声!"

突然,一声清脆的猎犬叫声让哈奇脱离了窘境。

罗·斯坦菲尔德说:"奎妮发现了一只浣熊!"

梅琳达马上纠正道："那是晨光的叫声，它的声音比奎妮要尖一些。"

罗将他的烟斗放进嘴角，他说："小姐，我了解我自己的猎犬。"

梅琳达坚持说："就是晨光！"

接着传来了第二只猎犬的叫声，声音跟第一只猎犬的声音非常像，可是当两只猎犬同时吠叫的时候，很明显可以听出两者之间有着细微的差别。罗当即不再说话。对于梅琳达出色的辨识能力，巴特·约翰逊、阿瑟、哈奇深感震惊，一个个像石雕一样呆立在那里。罗喃喃道："让我们去打猎吧！"

暮色中混杂着奎妮和晨光的叫声，叫声穿透树林，好像在树顶上久久萦绕不散。罗顺着声音的方向往前走。哈奇已经开始飞奔起来了！迎面而来的寒风拍打在他的脸上。黑夜低声诉说着自时间开始那一刻起世界上发生的各种奇迹。

这一刻，哈奇甚至忘记了梅琳达的存在。他倾听着猎犬们的叫声，然后迈开步子尽力跟上。他想，这才是捕猎活动的真正意义！他知道前面远处的某个地方，动作敏捷而又悄然无声的迅雷也在追踪着浣熊的足迹。哈奇在脑海里描绘着一幅浣熊的图像，同时拼命向前飞奔着。迅雷的忽然到来，让正在倾听猎犬们高歌的浣熊感到惊慌恐惧。树下此起彼伏的犬吠声就像所有猎犬都聚集起来正在唱大合唱一样。哈奇不禁痛快地大笑起来。

现在，他体会到一只奔跑的小鹿所能体会到的那种快乐了。他想，现在就算跑得最快的鹿跟自己相比，恐怕也慢了一截！他就是风，一想到身后脚步缓慢的人时，心里更是沾沾自喜。他们追着自己的脚步，却被他远远地抛在身后。毕竟，他们可没有从阿瑟身边逃跑的丰富经验。

晨光和奎妮的奔跑速度不相上下，甚至连它们叫声的调子都好像如出一辙。虽然它们超前了很长一段距离，但是叫声依然清晰可闻。当哈奇在黑夜中加速飞奔的时候，他皱着眉头在沉思。猎犬们的叫声时断时续，它们似乎有时会找不到那只浣熊的气味。所有这些迹象让哈奇觉得它们正在追捕的那只浣熊是老乔。

哈奇爬过了一座小山，这时叫声又停止了。现在他可以肯定，奎妮和晨光在寻找浣熊的踪迹，能让奎妮困惑这么久的浣熊只有一只，它就是老乔。

哈奇停了下来。"不出所料，果然是老乔！"他大声地说。

梅琳达冷静地问："你觉得我们现在应该直接向老乔待的那棵大梧桐树的方向走吗？"

哈奇好像一只被什么东西咬了一口似的猛地跳了起

来，他眨了眨眼睛，简直难以相信梅琳达竟然可以跑得跟他一样快！但他无法质疑自己的眼睛，事实就是如此！他突然觉得自己一点都不像敏捷迅速的鹿，而是像一只步伐沉重、缓慢的乌龟。他随即又在心里安慰自己：现在的情形和灵巧的老乔被一只平庸的猎犬所阻挡没什么两样。

哈奇说："如果我不是放慢脚步等你的话，现在早就到达老乔的梧桐树下了！"他的语气里充满了挑衅的意味。

梅琳达温柔地说："哈罗德，我知道你跑得很快。你本来不需要等我的，因为我也可以跑得比刚才更快。"

哈奇一下子被噎住了，被说得哑口无言。于是，他只能继续向前跑。"梅琳达！她身上一定装了兔子腿，或者她可能曾经在一大片长满幸运草的地上打过滚。有一点毫无疑问，她居然也懂得观测月相。"哈奇想。

"关于老乔的梧桐树，你都知道些什么？"他问梅琳达。

"所有人都知道的东西。"她随口说，"每次老乔被猎犬紧追不放的时候都会爬上那棵梧桐树。"

"它可能在那棵树下打败过一千只以上的猎犬和两千名以上的猎人。"哈奇说。

"呸！"梅琳达嘲笑道，"在过去的几百年里，科里皮山上的猎犬加起来都没有一千只，也没有两千名猎人！"

"老乔已经在这里生活了很长很长的时间了！"哈奇说。

“废话！”梅琳达说，“它只是一只足够聪明的大浣熊，知道爬上一棵人们不能砍伐和攀爬的大树而已！连我爸爸都相信它将永远生活在这里。你应该知道得更清楚啊，凯比小姐曾经教过你的。”

　　哈奇嘲笑着说：“凯比小姐什么都不知道！”

　　“哈罗德！”梅琳达感到异常震惊，“你怎敢那样说凯比小姐？”

　　“哈！”哈奇特意像公鸡那样啼叫起来，“我就说——”

　　这场因凯比小姐和科里皮山的传说而引起的争吵突然被梧桐树那边传来的两只猎犬的叫声给打断了。那是迅雷和鸭脚猎犬的叫声！

第十章
阿瑟出事

夜幕降临后，老乔从它日间居住的窝巢里爬出来，那是一个位于一块巨石下面的洞穴。它在自己选择的通道出口上停了下来（通向窝巢的通道有三条，它选择了其中一条），摆动着胡须，扭了扭脖子。在下去之前，它得像往常一样先观察一番，看看风中是否有什么异样。勘察之后，它发现一切安然无恙，至少没有值得它特别留心的东西。"吱，吱……"老乔安心地叫了几声。

除了那个倒霉的夜晚——它被鸭脚猎犬赶上了那棵巨大的美国梧桐树之外，老乔其实快乐地渡过了一个季节，因为有很多很多的玉米、小龙虾和贻贝，敌人也寥寥无几。

老乔的敌人中最著名的就是派因·黑格林的那只好

战的猎犬。老乔对那次意外的邂逅耿耿于怀，当它折回去偷派因的珍珠鸡的时候，被那只猎犬拼命追赶，搞得狼狈不堪。于是，在某一天的晚上，老乔选了个适当的时机再次拜访了派因家。那只猎犬飞快地冲过来，老乔趁势跑开，猎犬继续追，离近了一些就开始向着老乔疯狂吠叫。

显然，这只猎犬对蜜蜂的特点缺少全面的认识，老乔故意让它将自己逼进了派因的一间蜂房里。猎犬在慢慢靠近的时候一不留神将蜂巢踢翻了！老乔便幸灾乐祸地逃走了。而那只可怜的猎犬却因它的愚蠢而遭受了一顿刻骨铭心的教训。那些蜜蜂不会打扰老乔，因为即使是在夏天，老乔的毛也很长，足以保护它自己。只要它乐意去拿点蜂蜜，随时都可以去袭击蜂房。更何况现在它光滑的软毛下面还覆盖着一层厚厚的脂肪，它的身体已经为雪天做足了充分的准备。当雪天到来的时候，它就要返回那张建在梧桐树里的床上去了。

在寒风呼啸的冬季还没来到之前，老乔还有一些很重要的事要做。

在这个特别的夜晚，找些可口的食物是生活的第一要事。老乔今天晚上想吃山毛榉树结出来的坚果。它们长得很小——梅琳达一个手就能握住50多个山毛榉坚果，但是它们的味道很可口。山毛榉坚果和橡子产量丰

富，简直为老乔提供了无比丰盛的大餐。当秋霜将坚果的壳打开，当风儿吹拂着山毛榉树的枝条的时候，树上发出吱吱咯咯的声响。这是山毛榉坚果在急速拍打着干燥的叶子而发出的声音，跟暴雨拍打在叶子上的声音有着微妙的区别。

老乔今晚的菜单已经选好了，剩下来要做的唯一的一件事就是：从众多的山毛榉林中选一个对他来说最易于采集果子的树林。最后，它选中了位于柳树河边、刚好在阿瑟·芒地的农场对面的那片山毛榉林。

它做这个选择之前是考虑过诸多方面的因素的。第一，这片树林所处的地区比较隐蔽，这意味着那里的坚果比那些暴露在初霜和烈风中的坚果要晚熟。因此这里的坚果不会被捡得一干二净，应该还有大量的坚果将不断地从树上掉下来；第二，这片山毛榉林一直盛产各种各样的农作物。

但是让老乔做此选择的最主要的原因是这片树林里有很多松鼠，自坚果从树上掉下来的那刻起，那些松鼠就开始疯狂地收集，并将坚果收藏在空心树洞、树桩、树缝和其他可供使用的任何地方。老乔从没打算在树叶丛中艰难地钻来钻去，再一颗颗地将坚果收集起来作为它的晚餐。只要花心思找找，它肯定可以找到一些藏有山毛榉坚果的地方——这里面放的可都是某些辛勤的松鼠收集起来并藏匿的坚果。

计划已经定好了，老乔决定即刻就着手执行。

秋天的夜晚散发着它那惯有的吸引力，可是饥饿问题比欣赏美景更重要。老乔既没徘徊在池塘边观看水面上闪烁的星光，也没停下来研究沼泽里的妖狐火焰，它甚至没有捡取一条 9 英寸长的鲑鱼——那条鱼在跟一些比它更大的鱼儿战斗时受了伤，此时正在浅滩里无力地扭动着。鲑鱼是一种美味佳肴，但是山毛榉坚果显然更诱人一点。因此它将这条鲑鱼留下，让那些较小的浣熊们去分享这份意外的惊喜。

来到一个狭长的池塘边，老乔纵身跳了进去。游过池塘，它继续向着柳树河前进。它没看见猎人的踪影，也没理由假定今天晚上一定有猎人出动，而且刚刚它待在水里其实是一个很低端的小把戏——因为任何一只优秀的浣熊猎犬都可以毫不费劲地识破这种把戏，但是这种把戏能中断它的气味。这是老乔众多自救方法中的一种。如果一只猎犬盯上了它，老乔至少可以赢得一些时间来计划真正复杂的战略。

现在老乔全身上下都湿透了，可是一点都不觉得冷。刚才那场冰水之旅，极好地激发了它的每条神经和所有感官。老乔爬上河岸，在准备向山毛榉树林走去前停下来仔细侦察了一下四周的环境。

这片山毛榉树林由很多巨大的树木组成，它跟柳树河邻接，一直绵延了约四分之一英里，其两边长满了细长的山杨树。寻找山毛榉坚果最好的地方是靠近柳树河边的那块最隐蔽的区域，然而还有其他事项需要注意。

老乔依然没发现任何猎人的踪影，可是它不能忽略某些动物突然出现的可能性，否则后果将不堪设想。它清楚地知道自离开柳树河的那刻起，它就开始在沿途留下了强烈的气味，这种气味任何普通的猎犬都能注意得到。然而，老乔担心的并不是那些普通的猎犬，而是那些极品猎犬。

老乔必须制定相应的对策。它马上要实行的计划是以一个沼泽为中心的。那片沼泽离这片山毛榉林非常近，它的源头是一条小河，那条小河从一块隆起的巨石处流淌而下。老乔向沼泽走过去。

这片树林已经有很多山毛榉坚果的采集者来过了。老乔绕过了一个抽动着鼻子、蹲坐着的黑熊，那时它正低着头在满是落叶的泥土中寻找并舔食着山毛榉坚果。更远处是一只长着一对巨大茸角的雄鹿和一群野鹿，还有一家子臭鼬，它们都来分享这大自然慷慨赐予的美食。还有一只没学会如何收集山毛榉坚果的小浣熊也在狂热地寻找着，尽管它还缺乏相关的技巧。

老乔没有打扰它们。黑熊和野鹿太强壮，臭鼬的气味太刺鼻,而它也不想打扰那只小浣熊,反正山毛榉坚果多得是,小浣熊也吃不完。老乔来到沼泽边,坐了下来并用它那尖尖的鼻子朝每个方向都嗅了一番。它确定没有人会前来打扰它的晚餐之后,便开始寻找它最喜欢的坚果。

沼泽的上空,相互缠绕的树枝横跨而过。当风儿吹过,山毛榉树的细枝就会发出干燥的咯吱声。山毛榉坚果在叶子丛中不断地拍打着,发出嗒嗒的声响,偶尔还有坚果掉进沼泽里。老乔很喜欢坚果,可是它真心不喜欢付出劳动去收集坚果。因此它直接向一根长满苔藓的树桩走去。

它嗅闻着那根树桩,接着便轻轻地咬。最后它蹲伏着,用两只前爪在周围不停地摸索。苔藓很软,树桩已经腐烂,但是只要有裂纹或裂缝的地方就都有可能发现坚果。那些勤劳的松鼠,它们知道冬天就快到来,所以可能会将坚果都收藏起来以备日后之需。

可是树桩里空空如也。老乔没有泄气,它向一块背面是灰色的大圆石走去,并在那里不停搜索。可是老乔再次失望了,大圆石那里也没有坚果。当它进行第三次尝试的时候,终于找到了坚果。

就在沼泽的边缘,有棵巨大的山毛榉树,可能是因为它的根部长期深藏在潮湿的土地里的缘故,曾有一场台风将它吹歪了,一段巨大的树根露在地面上,迂回地向前生长了约 3 英尺长的距离之后，才又扎根于地下。

　　就在这段外露在地面上的树根下，老乔找到了期待已久的宝藏。埋藏这些宝藏的松鼠一定是科里皮山上最勤劳的一只。树根下面至少有一加仑的山毛榉坚果！它们挤得紧紧的，需要撬开第一层才能将它们取出。老乔高兴地坐了下来，打算将松鼠的宝库吃个精光。

　　好运常常有，但是像这种超级好运却不多。因此最好是立刻享用它们，要不然松鼠们可能会前来分享这些坚果。其实老乔也很勤劳，只不过不是今晚。

　　当它吃了约五分之一的坚果之后，先前老乔从它身边绕过的那只黑熊突然急匆匆地向沼泽这边狂奔而来，一到沼泽边，黑熊立马跳了下去。只听到一阵扑通扑通的声音，水花四处飞溅开来，黑熊很快就游过了沼泽，然后在一阵石头跌落下来的轰隆声和树叶的沙沙声之后，它连滚带爬地爬上了一座丘陵，迅速消失在茫茫的夜色中。

　　老乔马上警惕起来。看情形那只大黑熊像是被吓破了胆。黑熊是不会轻易被吓到的，由此看来山毛榉林里一定出现了一些老乔来时还没出现的可怕东西。

　　没多久，鸭脚猎犬就追过来了。对于气味，鸭脚猎犬似乎比另外三只猎犬更灵敏。它是第一个发现山毛榉树林里有浣熊气味的猎犬，一旦嗅到味道，它马上展开了行动。

老乔一骨碌从岸边滚到沼泽里并开始快速地游动起来。在这种可怕的场合里,它的脑子根本不需要犹豫就能做出正确的决定。老乔游得飞快。一只受惊的小浣熊也跳进这里并游了过去,如此一来,只要眼睛没瞎的猎犬都会发现它逃跑的路线的。老乔将全身都沉入水中,只将眼睛和鼻子露在外面,它在悄无声息地快速游动着。

这是一件相互较量的事。老乔从不曾让自己失望。鸭脚猎犬再次发现了它的踪迹,现在唯一安全的地方就是那棵巨大的梧桐树。老乔游到沼泽的另一头,爬上了为它提供水源的那条细流,然后从竖立着岩石的另一侧爬了下去,迅速游过一块湿地,并选择尽可能近的路径返回柳树河。老乔一回到熟悉的地盘,发现所有可用于挫败鸭脚猎犬的拖延计划都失败之后,它一刻不停地跳进了柳树河。

后面聚集了众多的猎人,晨光、奎妮开始大声高歌,尽管老乔之前从未被晨光追捕过。奎妮动作又相对缓慢,但是她的叫声异常响亮,这支强大的队伍里有一半的音量来自于它的叫声。迅雷也赶到了现场。

眼下情况十分危险,一分一秒都不能浪费!老乔快速游过池塘,跑过浅滩,它知道现在没有什么战略能够拖延迅雷和鸭脚猎犬了,于是仓促中放弃了一切战略。它累得气喘吁吁，就像一只狗那样不停地喘气，接着纵身跳进了那棵美国梧桐下的泥沼里，游过泥沼之后，它爬了上去。

老乔终于爬进它的窝巢里，它松了一口气，终于逃过了一劫。然后，它静静地等待着接下来会发生的事。

是鸭脚猎犬和迅雷！它们并肩跑着，一点经验都没有的小狗和久经训练的老手几乎在同一时间赶到了梧桐树下。它们震耳欲聋的叫声把沉睡的黑夜都唤醒了。

此时老乔在巢里心神不定地走来走去。虽然这并不是第一次被猎犬赶上梧桐树，可是以前从未经历过如此激烈的追捕。此刻，它有种想要逃离窝巢，沿着梧桐树继续往上爬并从隧道逃走的冲动。它竭尽全力克制住这种冲动，既然以前待在这里一直都很安全，那么根本不必如此慌张！即使最糟糕的情况发生了，依然还有隧道这条逃生之路可以保命。

迅雷和鸭脚猎犬狂吠着，没多久，奎妮和晨光也加入了它们的行列。老乔用它右边的后爪擦着左边的耳朵，这个动作泄露了它的紧张。它曾经多次被一只猎犬追到梧桐树下，有几次是两只猎犬一起追过来的，但是之前从未出现过四只猎犬把梧桐树团团围住的情况。

老乔再次萌生了通过它的隧道逃走的想法。但是它又一次克制住了自己的冲动，继续按兵不动地等待着猎人们的进一步行动。

哈奇和梅琳达来了,老乔抽动着它那黑色的鼻子。每次发现浣熊时,他通常都是第一个赶到现场的人,所以老乔很清楚哈奇,而它认识梅琳达却是个偶然。它听到这两个人正向着这边走过来。

哈奇认真地说:"有人说当它想要离开的时候,是通过一根树枝爬出来并跳到泥沼里逃走的,但是也有人说它是突然长出一双翅膀像一只鸟儿那样飞走的。"

"真是蠢到家了!"梅琳达大声叫道。

"谁说的!"哈奇恶狠狠地说,"你什么都不知道!"

梅琳达轻蔑地宣布:"至少我不去相信这些胡言乱语!它在梧桐树里的某个地方有个窝巢,现在一定就偷偷地躲在巢里呢!以前不曾有人找到它的唯一原因是那些人太懒,都不想攀爬这棵巨树!"

"那么你准备怎么爬上去?"哈奇问梅琳达。

"在这些小树里选一棵并将它砍下来,然后架在这棵梧桐树的分叉上,我们就可以通过这棵小树爬上这棵巨大的梧桐树。"梅琳达说。

哈奇什么也没说,因为这个绝妙的方案让他无言以对。

老乔越来越局促不安。尽管它并不理解这场对话是什么意思,但是它知道,毫无疑问,在这场捕猎浣熊的活动中,一种新生的力量萌生了。

老乔不知道她到底是什么人，可是它确定梅琳达绝不是一个男人。陆陆续续地，其余的猎人都到齐了，但是在开始举行他们的仪式之前，必须先对付那无敌的老乔。这时，梅琳达说的话无疑是给大家投了一枚炸弹。

她大声说："我刚才跟哈罗德说，老乔肯定在这棵大梧桐树里的某个地方有个窝巢，我们为什么不砍倒一些小点的树，并将它们架在梧桐树的分叉上，顺着这些小树爬上去找到它的窝巢呢？"

"说得有道理，确实如此！"阿瑟说。

在其余三个男人还没从这番言论中反应过来的时候，老乔就听到一阵大斧的咔嚓声，一棵树被砍倒了，很快有人将它斜靠在梧桐树上。

哈奇对阿瑟说："爸爸，让我爬上去吧。"

阿瑟说："如果一定得派个人上去看看老乔的窝巢，那么这个人非我莫属。"

于是，阿瑟和老乔同时开始攀爬起来。

看到老乔时，罗·斯坦菲尔德大声叫喊："快看，它在逃跑！"

老乔不顾一切地拼命往上爬。由于太过兴奋，阿瑟没爬稳，他意外地从梧桐树上掉了下来。结果让老乔从那根树枝上溜了下去，并跳进了它的隧道里。

鸭脚猎犬很清楚地看到了老乔的逃跑路线，但是它

猎熊犬

的动作比老乔略微晚了一点点。它紧紧地跟在老乔背后，一路追过去。可是老乔和隧道都跟地面非常贴近，而鸭脚猎犬的鼻子离地面有一段距离，它不得不顺着老乔的逃跑路线匍匐前进。

这只大浣熊终于从隧道里跑了出来，它跳进沼泽里，并领先一段足够安全的距离。当它终于设法甩掉鸭脚猎犬的跟踪时，第二天早上的太阳已经升起了两个小时之久了。

第十一章
猎人的绝境

　　哈奇用力地将他手上的耙深深地推进牧草堆里。他挥动铁耙收集尽可能多的一叉牧草。如果一定要将这些该死的牧草投掷完，那他不如增加每次的投掷量，减少挥动的次数，这样也可以尽快结束这种非人的折磨。

　　阿瑟正坐在家里，他的一条腿断了。这真是一件糟得不能再糟的事情。对哈奇来说，投掷牧草总比忍受阿瑟的坏脾气舒服得多。毕竟他的脾气确实令人费解，自从经历事故以后，他经常会突然毫无原因地发起火来。哈奇曾经以为，阿瑟不会为任何事而感觉困扰。

　　不过，这是老天的安排吗？如果阿瑟没有试着爬上老乔的那棵梧桐树，那么他就不会掉下来；如果他没有掉下来，那么他的腿就不会骨折，而哈奇也不会遭受这种

苦了。但是他确实遭受了这种苦!

阿瑟的双腿用薄木条夹着并包扎了起来,现在他所有的活动范围被局限在一张椅子和一张轻便型的小床上。白天,他都得坐在那张椅子上,而晚上都得躺在那张轻便型的小床上。哈奇已经很谨慎地将他爸爸触手能及的木柴、餐具、短柄斧、刀具等任何能扔的东西都拿走了,他喜欢咆哮的话就让他咆哮吧(当哈奇在屋里时,阿瑟通常都会把矛头指向他),反正咆哮又不会伤人。

当然,哈奇会有一些不可避免的工作任务。家禽不能自己照顾自己,而且哈奇心肠太软了,他不能让这些小生灵因疏于被照顾而受罪。如果真的这样倒不如杀了它们更好,这是哈奇的想法。无论冬天多么漫长,两个人怎么可能吃掉 6 头奶牛、4 只猪和 69 只鸡呢,就算情况再坏,不是还有马儿吗?

想到这里的时候,哈奇忍不住向着自己扮了个鬼脸,继续将另一叉牧草投向斜槽里去。家禽们真应该也学学像人一样以浣熊肉为食,这样他就可以将所有时间都花在捕捉浣熊上了。如果奶牛除了牧草之外,还吃别的食物,那哈奇就不用傻兮兮地去做现在这件愚蠢的事了。

哈奇突然记起上次他去凯比小姐的学校上学时发生的事,想到这儿,他忍不住打了哆嗦。

凯比小姐怀着一个坚定不移的目标,那就是用文学感化学生的思想，这跟学生们的爸爸们的方法很不同，爸爸们是在畜棚后面跟孩子们交流的。而凯比小姐为了达到这个目的，让学生们每天不停地读书，好在大部分都不是让人无法忍受的书。哈奇可以一边想象浣熊的事一边装着很专心听课的样子。然而有一天，在那个特殊的日子里，哈奇被迫听凯比小姐朗读一首诗歌，那首诗歌是描述阳光灿烂的六月里新割下的牧草的。可是眼前的情景只会让哈奇十分讨厌牧草。他使劲地投掷着牧草，直到所有奶牛都能吃到才停下来。他将耙塞进牧草堆里，顺着梯子往下爬回到牲畜棚的地面上。

鸭脚猎犬一直在牲畜棚等待着谷壳，它紧挨在哈奇的身旁。哈奇用他的手轻轻抚摸着这只大狗的耳朵，他尽力去想一些关于鸭脚猎犬的事。可是一看到牧草，他就自然而然地想到浣熊，进而理所应当地想到阿瑟那些仍然放在田里的玉米，那些玉米已堆成了高高的玉米垛了。

在这期间，哈奇跟阿瑟之间主要的矛盾是：阿瑟要求哈奇将玉米垛搬回屋里，而哈奇不想搬。长期以来，哈奇对如何正确地经营一座农场已经有了自己独到的见解，他认为将玉米垛搬回来并不是明智之举。

两人僵持不下，阿瑟认为如果没有在适当的时候收获玉米，那么到了冬天，既没有玉米来饲养猪和鸡，也没

猎熊犬

有玉米皮来做家畜的苗床。哈奇承认这一点是有一定的道理的。但是反对的理由是压倒性的，将玉米搬回去所产生的任何价值都是微不足道的。

不过，没人看管的玉米并不会像被忽视的动物那样受苦。但是，如果要将玉米搬回去，哈奇将要忍受无尽的折磨，首先要将它们拉回谷仓里，接着还要一根根地将它们的外衣剥下来。另外，不搬玉米的话，如果猪和鸡没东西吃了，可以将它们杀了当食物。这样两个问题都解决了。一是不用照顾它们，二是可以满足人的食欲。玉米可以将浣熊引诱过来，但就算是老乔也不可能将玉米垛攻破。

因此，玉米仍将留在田里。

这应当成为哈奇在空中跳跃并踮起脚尖大声欢呼的理由。但是哈奇并没有任何想要庆祝的欲望，相反，他开始急躁不安。这到底是怎么了？他想，自己应该还没有到衰老的年纪，如果连逃过阿瑟的命令都不能让自己高兴起来的话，那么自己一定病得不轻。他突然发觉，一个星期前，自从那天晚上他们将老乔赶上树和阿瑟从梧桐树上掉下来之后，他就再也没有因什么事情而感到快乐过。

认识到这一点，哈奇不禁打了个寒战。自从第一个猎人将第一只猎狗带到科里皮山之后，这里的猎人就一直层出不穷。这要归功于他们对所从事的事业的尊重。

那天晚上，罗·斯坦菲尔德和巴特·约翰逊一起帮忙将阿瑟送回家。然后，他们才明白梅琳达的异端邪说所造成的后果有多可怕。他们带着奎妮和迅雷一起往回走，自那以后，哈奇就没有再见过他们了。

恐惧从脚尖蔓延到他那蓬松的头发末端，哈奇用了足足15分钟才让自己的心情平复，然后就去挤奶了。那天晚上，当老乔被赶上了树之后，梅琳达站在老乔的梧桐树下，大声宣布这棵梧桐树并不是一棵有魔法的树，它只不过是一棵猎人们都懒得砍伐或攀爬的大树而已，她还说老乔什么都不是，只不过是一只体形巨大、聪明机智并爱哗众取宠的浣熊而已！

这是导致阿瑟的腿骨折、罗·斯坦莫尔德和巴特·约翰逊的冷淡和哈奇的烦恼的原因。哈奇坐下来挤牛奶，但是遗留在他脑海中的可怕的信息仍让他陷在深深的恐惧中。就连斑纹老马将装牛奶的桶踢翻了，他都顾不上用棍棒恐吓它。事情已经发展到一个不可救药的地步了，斑纹老马的小过错并不会让事情更加恶化，就算它将哈奇的脑袋都踢掉也不会。

他将牛奶挤完，接着处理了一些别的杂务，然后将谷仓的门关上了。当他向屋里走去的时候，鸭脚猎犬跟在他后面。但是走到门廊的时候，他并没有像往常那样轻拍一下鸭脚猎犬的头以示友好。鸭脚猎犬悲伤地爬进了

猎熊犬

用来睡觉的箱子里。

哈奇还是闷闷不乐的。很久以前，他的曾祖父就已经在这座农场里定居了。自那以后就有了芒地家族和猎犬贝苏的家系。贝苏的家系中的所有猎犬都追捕过老乔。现在这个符咒却因为一个女孩而被打破了，那个受过凯比小姐的教育的、盲目自大的女孩却自认为拿这个符咒开玩笑的做法没什么不妥。

哈奇想起那天晚上梅琳达带着晨光一起去捉浣熊。他记得当时希望梅琳达掉进泥潭里并扬言如果愿望成真的话，他要从她的头上大摇大摆地踩过去。他情不自禁地想，那时的想法纯粹是灵光一闪，但是如果那天梅琳达真的失足掉进了泥潭里并且被他当头踩过的话，那该有多好啊！

哈奇转动门把手，并在做这个动作的时候暗下决心：以梅琳达和凯比小姐为代表的新激进分子必须离开。而固有的坚定分子，例如，不朽的老乔、其父亲真的是一只鸭子的鸭脚猎犬必须重新站立起来。但是哈奇需要阿瑟的建议，甚至由于他专心思索着眼前的问题，只听到他爸爸对他说的话的后半句。

"终于回来了，你这个该死的小兔崽子，又懒散，又迟钝，看起来就像一颗丑陋的龟疣，我真不知道有谁比你更差！"

哈奇说:"是的,爸爸。"

阿瑟突然感觉到很愕然,于是他又问哈奇:"你将玉米搬进来了吗?"

"没有,爸爸。"

阿瑟的火气突然消失了。哈奇这次没有像平常那样跟他顶嘴,而是恭敬地逆来顺受。尽管阿瑟经常用很极端的表达方式来关心他那无用的儿子,但是不管怎么说,哈奇是他的儿子,而且是芒地家族里能继承捕猎浣熊的技艺的唯一希望。

"哈奇,你生病了?"阿瑟疑惑地问。

"没有,爸爸。"

"那么你怎么啦?"

"请你再告诉我一次,我的曾祖父是什么时候来到这里的?"哈奇请求道。

阿瑟说:"差不多五十二年前。"

哈奇问:"五十二年是很长一段时间,是吗?"

自己的家族是阿瑟为数不多引以为豪的东西,他说:"是的,一段非常长的时间,像我们家族那么了解自己家族历史的家庭并不多。"

哈奇继续说:"你肯定贝苏没有好下场是因为它在月黑之时跑了出去?"

阿瑟耸肩道:"难道还有什么别的原因吗?"

"鸭脚猎犬的爸爸真的是一只鸭子吗？"

阿瑟不解地看向哈奇："哈奇，你觉得我在撒谎？"

哈奇急忙说："不是的，爸爸，只要你再告诉我一次，我们芒地家族的所有人都曾追踪过老乔。"

"你是怎么想的呢？"阿瑟问哈奇，接着他又说，"我的祖父传授给我的爸爸，他教导我，而我又传授给你，我们芒地家族里的人确实都参与过追捕老乔的捕猎活动。"

哈奇问："你对老乔的大梧桐树有什么看法？"

阿瑟很认真地说："它是一棵女巫树，我就是想不通老乔是使用翅膀从树上飞走的，还是潜入了沼泽里呢？但是我肯定如果老乔进不了它的女巫树，那么多多少少会受伤的。"

"哈！"哈奇大叫，"现在我们知道了！"

"知道什么？"阿瑟再次感到困惑。

"全部，"哈奇宣布，"梅里·卡森被骡子踢伤了；梅琳达带着晨光干涉我们的打猎；我们将老乔逼上了它的梧桐树；梅琳达说那不是一棵女巫树，还说老乔一点儿不特别，只是一只大浣熊；你相信了她并尝试爬上梧桐树；你跌断了你的腿；罗和马特不再想成为我们中的一员——并且……"接着哈奇悲伤地感叹道，"你不再命令我将玉米搬进来，但是我一点儿都高兴不起来！"

"确实如此！"阿瑟说，"你说得对！"

"我当然说得对，"哈奇宣称，"你之前为什么同意梅琳达干涉我们的捕猎浣熊的行动，爸爸？"

阿瑟很坦白地说："我也不太明白，本来没想要带上她的，而且我知道罗和马特也不想，可是她想要去，并且很执拗。当一个女人执意要做某件事情的时候，无论用什么手段她都会达到目的！"

"如果她某天不慎掉进泥潭里，我会从她的头顶上踏过去！"哈奇向他爸爸保证。

"我知道！"阿瑟沉思了一会儿，说，"这个想法也未尝不可，但是当女人钻牛角尖时，我们男人不能欺辱她们。"

哈奇说："我还是不明白为什么。"

"我也不明白为什么。"阿瑟承认，"但是绅士不应欺负女士们，就这么简单的理由。就像你的妈妈，她甚至不及我一半重，可是她是唯一一个能让我躲进森林里的人。"

哈奇问："女人总是脾气这么坏吗？"

"一半一半吧。"阿瑟说，"在大部分的时间里，她们还是符合女性的端庄气质的。"

"爸爸，关于她们，你还知道些什么？"

阿瑟说："并不多，哈奇，不过你到底想说什么？"

"梅琳达对我们下了魔咒，"哈奇说，"但也不能全部归咎于她，凯比小姐才是幕后主使。"

"这我倒是从来没想过，"阿瑟说，"我再也不会让你上学了,哈奇。"

"太好了!"哈奇说,"我要去将魔咒解开。"

"你打算怎么做?"阿瑟问。

"我会邀请梅琳达带上晨光去参加另一场捕猎浣熊的活动!"哈奇宣布,"然后再次将老乔赶上它的梧桐树。接着我会爬上那棵树,并让她跟着我一起往上爬。如果树里并没巢穴的话,我准会让她栽个狗啃泥!"

"哈奇!"阿瑟很高兴地说,"如果真会如此的话,你的曾祖父一定会为你感到无比自豪。"

第十二章
哈奇的复仇

梅里·卡森被骡子踢伤之后，至今卧病在床。他知道这一人生污点将日夜不休地折磨他的灵魂。但是这还不是最遗憾的事，毕竟没有什么要比对着泡菜桶过日子更惨的事情了。

梅里无精打采地抓起一把鹅卵石，并将它们一颗颗地掷进柴棚壁上的一个节孔里去。他摇着头发出绝望的呻吟声。现在将鹅卵石掷进那个节孔里已经成了他唯一的娱乐活动，这是他为了消磨时间而发明的。开始的时候还兴致勃勃的，因为他掷了二十次，才有一次打中靶心；而现在似乎每颗石子都能轻易地穿过那个节孔。

他正打算拿起更多的鹅卵石去射击，但是想到自己已经能够百发百中，这哪里还会有乐趣可言呢？于是，他闷闷不乐地回顾起某些事情。

他对自己说，不应该是这样的，即使是他让梅琳达带上晨光去捕浣熊的。可是自己怎么知道他们会将老乔赶上它的梧桐树？又怎能预知梅琳达不但质疑老乔和它那棵有魔力的梧桐树的巫术，而且还让自己的怀疑态度感染了在场的男性同伴呢？有人可以猜到科里皮山上浣熊猎人的神圣传统只因为一个女孩的加入而被推翻吗？

梅里悲从中来，摇了摇头。梅琳达——说不上是一个成熟女性，但也不是个小姑娘了。他想到，每当女人介入一些无论是老天还是自然法则专门赋予男人的事情时，结果多半都会把事情搞砸。

但她却十分自信，认为在自己这样的年纪，插足男人的事情并不会出现什么问题。这个想法无异于一场灾难。

这次失事确实相当可怕。阿瑟因跌断了腿而卧床不起；罗和巴特不敢在柳树河的下游露脸；哈奇像只掉进陷阱里的水貂一样疯狂；梅琳达却漫不经心地说捕猎浣熊确实是一项不错的运动。

梅里将他的脸深深埋进双手里，极度痛苦地摇晃着。他老实地承认，自己并不是因为给科里皮山上的浣熊猎人投了一枚毁灭性炸弹而感到羞愧，而是梅琳达作为一个卡森家族的人，还是卡森家族里的一位女性，仅仅将浣熊捕捉行动当成是一项不错的运动，这动摇了梅里一直以来坚持的信念！

在阳光中打着瞌睡的晨光突然站了起来，并在柴堆旁抽动着鼻子，焦躁不安地搜寻着什么。梅里目光锐利地注视着它的一举一动。

梅琳达可能不会真心去欣赏猎熊行动，但却使梅里从头到尾地重新审视晨光。梅琳达认为晨光是个反应缓慢的猎犬，并且只会凭舌头追踪；但晨光像教堂一样沉着、像信鸽一样机敏的品质使它不逊色于奎妮，只要积攒一些经验，它将会变得极其出色。相信一年之后，任何一只被晨光盯上的浣熊都会落得被赶上树或逃进地洞里去的下场。

梅里突然有一种不舒服的感觉，就算是他单凭一场猎熊活动也不能发现晨光这么多特点。即使能够发现，在它证明自己之前，他也会抱有怀疑的态度。但是他已经默默地接受了梅琳达对晨光的评价，所以当他重新审视晨光时，心里愈发感到不安。

好运不会长久，总会有厄运降临在一只无辜的猎犬身上。梅里记得猎犬贝苏的遭遇，并且衷心地希望晨光不会重蹈贝苏的覆辙。如果晨光也发生了同样的悲剧，他到哪再找一只像它一样优秀的猎犬呢？到时候就只剩一条途径了。

然而，这牵涉了太多的东西。他觉得在心里把晨光和

猎
熊
犬

普通的猎狗放在一起对比也是对它的一种亵渎。在柳树河地区，只有两只猎犬能配得上它，一只是迅雷，一只是鸭脚猎犬。但就算大家都能够不计前嫌，巴特·约翰逊也不太可能带上他的猎犬来到 9 英里远的卡森家或者任何属于卡森家的地方。

正打算抓起另一把鹅卵石的梅里愁眉苦脸，心中郁闷不已。他不知道自己已经从这倒放的泡菜桶里捡起了多少颗鹅卵石，又有多少已经穿过那个节孔掉进了柴棚里。他估计自己至少掷了几百个，现在不想再多掷一个了。现在除了这些鹅卵石也没有多余的烦恼纠缠着他，因为他的女儿们都很省心，她们以最高的效率很好地完成了手头上所有的农活。

梅里继续研究着晨光，此时晨光正躺在阳光下休息，但还没有进入梦乡。梅里考虑着是否应该将它拴起来，毕竟它可能会出去闲逛，难保它会像猎犬贝苏那样幸运。众所周知，森林里充满了各种各样的女巫，而且大部分都有一副蛇蝎心肠。

他闷闷不乐地想，就算将晨光拴起来，那它依然有挣脱并出去闲逛的可能性。这时晨光坐起来，歪着头，发出了充满警告意味的叫声。过了一会儿，哈奇出现了。

梅里安静地坐着，竭力掩盖着他心中的诧异，因为当他看到哈奇时，比看到老乔跟猎犬贝苏紧追不舍的鬼魂一同出现时还要惊讶。很显然，哈奇不是来打架的，因为他没带打架的家伙。但是也可以很肯定他不是心平气和地来的，在那次梅琳达参与捕猎浣熊之后，芒地家族永远不会跟卡森家族言归于好。梅里正要问明哈奇的来意和去向，对方却抢先一步开口了："我来问一问您，今天晚上能让梅琳达带上晨光参加另一场捕猎浣熊的行动吗？"

梅里怔了一下，好像又遭到骡踢一样，而这次正好踢在他双眼之间。他眨了眨眼并回过神来。

"等等，"他说，"你来问我今天晚上能否让梅琳达带上晨光去参加另一场捕猎浣熊行动？"

哈奇说："没错！"

一阵突如其来的怀疑强烈刺激着梅里的心。男孩子勇敢，女孩子细腻，从各方面考虑这都是一场再合适不过的安排。

他问道："你知道我女儿的想法吗？"

"当然！"哈奇向他保证。

"哦，我不知道是不是应该反对。梅琳达是个小孩儿，而你也是个小孩儿，谈婚论嫁对你们来说还太早了。"

"结婚？"哈奇喘着气说，"你觉得我神经错乱了？"

"你说的话确实很像神经错乱了！"梅里咆哮着说，"当一个男人带一个女人跟他去捕猎浣熊之前，他必须保证能够应付所有可能会发生的事情，除了梅琳达和晨

145

猎熊犬

光,你还会带上谁?"

"我和鸭脚猎犬。"哈奇向他阐明。

"我看你并非对梅琳达没有任何想法吧?"梅里继续追问。

"好吧,你说对了,我确实有想法!"哈奇说,"自从那天晚上,一切都被打碎了之后,我就有了这些想法。"

"我知道。"梅里沮丧地说。

哈奇继续说:"就算我爸没法像往常一样命令我把玉米搬进去剥皮,我也丝毫高兴不起来。"

"我懂,"梅里说,他无能为力地耸了耸肩,"曾有多少次我想将自己的玉米留在外面,但是家里有 14 个女人……"

"或许你是对的,"哈奇说,"我想处在这种女人堆里的男人很多时候都无法自拔,这就是你让梅琳达去捕猎浣熊的原因。"

"并非如此,"梅里纠正说,"我其实可以叫梅琳达待在家里,她也会听我的话。"

哈奇问:"那你为什么让她去?"

"纯粹是个恶作剧,"梅里说,"我被骡子踢伤了,不能去参加猎熊活动,因此我想我可以搞砸其他所有人的计划。"

"不出你所料,你确实做到了。"哈奇告诉他,"我爸爸脚都跌断了,罗和巴特搬到了离森林很近的地方,以便随时可以躲进森林里。如果我们不做点什么的话,这些浣熊猎人从此以后就要没落了。"

"哈奇,你打算怎么做?"

"我必须将梅琳达带出去,并且保证会将她带回来,我们不得不将老乔赶上它的梧桐树,这样才能向梅琳达表明树上没有任何窝巢能让老乔藏身。"

梅里说:"这是个天衣无缝的计划。"

"也是我们所有人唯一的机会。"哈奇指出,"那位凯比小姐,她来到科里皮山,并试图宣扬老乔是只很普通的大浣熊的思想。她发表的其他言论也都可笑得很,如果我们不能一次性把这种事情斩草除根的话,将来即使是我们男人也将只能无聊地学习书本中的知识,而不能亲身体验捕猎浣熊的乐趣了。"

想到这可怕的前景,梅里不禁不寒而栗。沉默了一会儿,哈奇又问:"今天晚上,梅琳达能带上晨光一起来吗?"

梅里一字一句认真地说:"从某些方面来说,你也许没有神经错乱,但是从另外一些方面来说,你简直疯了。你没想过一个女人能做什么吗?"

"不,"哈奇说,"我想过。"

"我也一样,"梅里难过地说,"至少有一点能确信:如果梅琳达想去,她就会去,而且不管怎么样,她喜欢捕猎浣熊的行动,但是——"

"但是什么?"哈奇问。

"没有但是了。"梅里说。

梅里刚要告诉哈奇自己近来的心魔,告诉他这心魔如何催促他产生将晨光拴起来的想法,但最后还是明智地选择缄口不言。不管怎样,他得到了他想要的东西,晨光将跟鸭脚猎犬交往,只有傻瓜才让这桩完美的事节外生枝。

"太好了,"哈奇说,"我将一直等到她来。"

正在这个时候,梅琳达和玛丽结束了又一天的学习,她们从凯比小姐的学校回来了。她们跳着舞步兴高采烈地往院子这边走来。玛丽觉得哈奇举止粗鲁,话太多,说话又大声。她冲哈奇吐了吐舌头,然后就跑进房里去了。晨光看到梅琳达,欢喜地迎了上去。梅琳达和晨光一起向她爸爸跟哈奇所在的地方走了过来。

她对哈奇甜甜地说:"哈罗德,我想你必定已经将玉米都搬回屋里了。"

哈奇询问:"你为什么会问这个?"

"如果你没有将玉米搬进来,是不可能将白天的时间浪费在聊天上面的。"

"玉米没被搬进屋,而且也没有打算要搬进去,"哈奇向她说明,"况且它搬不搬进去都跟你没有关系。我来是想问一下,你今天晚上要不要带上晨光去追捕浣熊？"

"爸爸,我可以去吗？"梅琳达屏住呼吸等待着她爸爸的回答。

"如果你想去就去吧。"梅里说。

"哦,爸爸！"她兴奋地亲了她爸爸一下,向哈奇保证,黄昏之时一定会带上晨光去找他,然后轻快地跑进房间里去了。

"你两三年内将会娶妻,所以不要咒骂女孩子。你看到她亲我吗？"

"是的！"哈奇说。

鸭脚猎犬坐在阿瑟家的门廊上，它正满怀希望地嗅闻着从厨房里飘出来的诱人香味,哈奇正在厨房里煎带骨的猪排。鸭脚猎犬知道时机一到它就能咬食这些美味的骨头了，于是带着幸福的期盼舔了舔自己的下巴,香味钻进了它的鼻子。

它很少会花心思去想关于自己的问题,诸如"它到底是谁"或者"它到底为了什么而存在"这些问题。它是一只猎犬，为了追踪浣熊而存在的，这就是鸭脚猎犬所知道的一切。

它不可能知道自己是个天才,而且也不在意自己究竟是不是个天才,那是人类思考的事儿。鸭脚猎犬身上混合着猎犬贝苏和雷夫·布兰得利那只巨大的猎犬的血统，因此它继承了两者身上最好的优点，除此之外，它还有一些自己的特点，比如那与生俱来的灵敏嗅觉和始终紧追不放的毅力。这两种才能就算是在经验丰富的猎犬身上也很少见。

　　除此之外，鸭脚猎犬充满智慧。老乔来袭击的那天晚上它只不过是个小狗，想要穷追不舍地跟紧老乔还有点不容易，但是它依然能够一路追到老乔的梧桐树下。并且自那次之后，它就吸取了相关的教训。

　　第二次它们追老乔的时候，鸭脚猎犬跟名气颇大的迅雷是同一时间到达梧桐树下的，迅雷的经验可比它丰富得多。鸭脚猎犬很肯定老乔是躲在树上的窝巢里，因为它可以闻到老乔传出来的气味。

　　将浣熊赶上了树后，只要它一直被困在树上，鸭脚猎犬就会感到很满足，而且会一直对着树上吠叫。因为它知道主人早晚会听到它的叫声，并赶到现场来控制整个局面的。但是鸭脚猎犬没打算让任何一只浣熊，占得一丝上风；而且它会运用与生俱来的追捕意识确保这一点。

　　即使像迅雷这样的猎犬都会认为，如果它在地面上遇到浣熊，并且将它赶上了树后大声在树下叫喊，好让它的主人发现，如此就已经履行了它的职责了。而鸭脚猎犬在这方面甚至超越了迅雷，它会掌握全局的状况，在用自己的叫声支援迅雷的叫声的时候，就提前预料到老乔可能在设法逃跑，而且它还知道那条最合乎逻辑的逃跑路线一定是从梧桐树的高处转到隧道里去。

老乔一离开它的窝巢，鸭脚猎犬马上就向那块暗礁冲了过去。不过那条隧道实在是太难分辨了，所以它没能追上老乔，而且在这只大浣熊跳进沼泽之后，还有一段漫长艰险的追赶路程。老乔最终逃进了一个海狸居住的池塘，才得以侥幸逃脱。狡猾的它潜进水底，设法将原来的居住者从圆顶房子里驱逐掉，自己则鸠占鹊巢。

这是鸭脚猎犬尚需学习的计谋。虽然它只能肯定海狸出来了而老乔不见了，但也确切地从中学到一点：如果下次再遇到这种情况，不要往隧道的入口追，而应该跑到隧道的出口处耐心地守株待兔。如此一来，老乔将陷入困境，进退两难。如果它爬上去回到梧桐树上并且待在那里，那么它的窝巢一定会暴露。如果它离开，将会被鸭脚猎犬在隧道出口处逮个正着。

在带骨的猪排出锅的前两秒，鸭脚猎犬顺着风闻到了老乔的气味。

这位常来的袭击者就在田里的玉米垛那里。一闻到它的气味，鸭脚猎犬甚至连即将到来的猪排骨头都抛到脑后，像一道闪电般冲了出去。老乔正鬼鬼祟祟地扯开

猎
熊
犬

一个玉米垛。老乔一看到鸭脚猎犬后立刻撒腿就跑，鸭脚猎犬则开始了一场穷追不舍的战斗。

鸭脚猎犬沿着那条通向柳树河的小路一路追过来，它望向上游，记起这只大浣熊曾在柳树河的对岸出现过，并试图通过一个泥沼里来隐藏气味。鸭脚猎犬识破了老乔的这个意图，继续往前追踪。当它闻到气味时，就像灰狗一样快速地奔跑着，当气味消失时，又有条不紊地寻找着。

没过多久，它听到晨光在后面老远的地方开始吠叫，但鸭脚猎犬让自己继续埋头寻找老乔逃跑路线上的另一个转弯处。

它找到了！毫无疑问，气味指向那棵梧桐树。

第十三章
秋夜的故事

　　老乔爬上了它那棵充满魔力的梧桐树，匆匆踏进了窝巢里。五分半钟之后，鸭脚猎犬赶到了，它大声咆哮着，黑夜仿佛都被震得颤抖不已。老乔不安地蜷缩在那铺满干叶的窝巢里，意识到自己还是太粗心了。它判断失误是有很多原因的，其中一个最重要的原因是黑夜。时值秋季，天气多变。在这样的晚上，天气有时在伏暑时的气温徘徊，而有时却会在几个小时内骤变成寒冬。

　　从窝巢爬出来的时候，老乔心神不宁，它觉得今天晚上将是最后一次在科里皮山上徘徊了。因为气温马上就会骤降，过了今晚，可能要等到明年二月融雪之后才能恢复自由活动。由于它想知道自己离开安全的窝巢之后，究竟可以走多远，因此导致了粗心大意的误判，而袭击阿瑟·芒地的农场是因为只有他家的玉米垛还留在田地里没被搬走。

当它正要大快朵颐的时候，压根就没想到还有鸭脚猎犬的存在。所以老乔现在正躺在它的窝巢里，倾听着那只大猎犬的吼叫声，同时忐忑不安地打了个哆嗦。

那棵曾经充满魔力的梧桐树现在不再是一棵女巫树了。它的魔咒在上次老乔被迫爬上树、阿瑟试图爬上去的那个晚上就已经被攻破了。这只大浣熊不知道阿瑟从树上摔了下去并弄断了腿，如果它知道发生了诸如此类令人愉快的事情，一定会觉得兴奋不已。现在它确信自己可能被驱赶出这个窝巢，也确信鸭脚猎犬已经掌握了它的逃跑路线。

但是，纵然老乔感觉到了自己的失误，他也不觉得这必然是个致命的失误。

它决定待在原处等待事情的进一步发展。如果猎人们将它驱赶出窝巢，就按老办法从隧道中逃走。鸭脚猎犬应该会在那里等着它，如果真是这样，老乔唯一的选择就是在它进入隧道前将这只猎犬击退，然后就可以逃之夭夭。

任何危机都可能潜伏在暗处，它现在只有且行且应对了。

这时晨光赶到了，它的尖叫声和鸭脚猎犬低沉的吼声此起彼伏，接着哈奇和梅琳达也赶到了。老乔爬上它窝巢的出口并摆好姿势，准备随时行动。如果它必须向上攀爬再跳入隧道，那么每分每秒都是异常宝贵的。

它看到灯笼的火光，听到一阵斧头的砍伐声，接着是一棵小些的树被砍倒的声音。这只老练的大浣熊在静静地等待着。直到它听到小树被修整并架在了梧桐树上的声音时，才知道再也不能等了。

它快速地离开窝巢，往梧桐树的高处爬去，一直到那根悬挂在隧道入口上的树枝上。老乔动作敏捷地移动着。不过如果鸭脚猎犬在那里守候的话，它也做好了战斗的准备——活得最长的浣熊往往是那些只要能避免打架就一定会选择走为上计的浣熊。如果它在鸭脚猎犬之前到达隧道，将会占有明显的优势。

当它跳进隧道的时候，没发现有猎犬，老乔松了一口气，并继续向前猛冲。它再次选择了那根通向沼泽的树枝，因为现在那里有很多的路线。如果当它来到沼泽的时候，鸭脚猎犬早已出现在那，那它还可以往回走，并通过隧道的另一条分支溜走。

鸭脚猎犬没在那里等它。它有点儿放心了，说明没有追兵，同时这也令它感到有些担心。老乔在沼泽里拐进了一条弯曲的路线，绕了一圈之后往柳树河游回去。

它沉进水里，到达另外一片沼泽后才爬了出来。这片沼泽是二月才发现的，当时它自愿离开那棵充满魔力的梧桐树并在路上停下来去偷阿瑟家的鸡，便发现了这片沼泽。

还是没有发现猎犬的追捕，老乔想可能真的没有猎犬。

当它进入那棵空心橡树的时候，敏感的鼻子巧妙地避开了来自刺骨寒风的突袭。它的预感是正确的，冬天很快就会在整个科里皮山肆虐。

在这棵大橡树的高处，老乔那熟睡中的配偶醒过来了，它对老乔咆哮着，冲上前并钳住了它的鼻子。老乔急忙向后退并且发出祈求的叫声。它再次尝试走上前去，这次它让老乔进去了。

这个冬天它们共同分享同一棵建有窝巢的树。

哈奇知道在捕猎前，不应该让猎犬吃得太饱，可是他仍然觉得让它们空着肚子去奔跑好像是一个既不明智又很无情的决定。所以他选了一根猪排骨头和几块碎肉作为鸭脚猎犬的晚餐，然后他将晚餐端到了门廊。

阿瑟和哈奇总是一吃完饭就会马上喂鸭脚猎犬，因为它很重视晚餐，当食物快准备好的时候，除了一只浣熊的气味之外，没有什么东西能让它离开，而它能闻到浣熊气味的唯一地方就是在玉米垛下面。

哈奇将鸭脚猎犬的晚餐拿回了屋里。阿瑟很诧异地看着他。

"它去追一只浣熊去了，"哈奇解释道，"那只浣熊可能来偷我们的玉米并被它发现了。"

"一定是这样，"阿瑟认同哈奇的想法，"你说有可能是老乔吗？"阿瑟询问。

哈奇难过地说："爸爸，我不确定。"

"你预感到会是老乔吗？"阿瑟坚持不懈地追问。

"自从那天晚上梅琳达参加了我们的捕猎浣熊的活动之后，我就不敢再相信任何直觉了。"

"如果是一只普通的浣熊，鸭脚猎犬很快就会将它赶上树了。"阿瑟说，"在这样的夜晚，老乔也可能会出来徘徊的，它们可能正在僵持不下地对峙着。"

哈奇说："那我出去听一下。"

哈奇走到门廊，在愈发浓重的夜色里竖起耳朵仔细倾听着，心里升起了一丝希望。鸭脚猎犬是个悄然无声的追捕者，它能不被察觉地接近任何一只来偷玉米的普通浣熊，把浣熊逼得爬上树。但如果对手是老乔的话，鸭脚猎犬不可能这么快就追上它。于是哈奇接着阿瑟的话说："我没听到任何声响。"

阿瑟说："那么它有可能遇上老乔了。"

"有可能，"哈奇说，"而且梅琳达到底在搞什么鬼？女人无论做什么都会迟到吗，就算去捕猎浣熊也迟到吗？"

"大多数时候是这样。"阿瑟说。

哈奇将阿瑟的猎熊斧头取了出来，将灯笼里的油加满，把手电筒卡在他的衣袋里，并把 A22 猎枪放在触手可及的地方。他忍住再次走出门廊倾听的冲动。今天晚上科里皮山上猎熊者的成败都掌握在他的手中，但哈奇之前拥有的信心在快速地减弱。上次带一个女孩去猎熊已经让事情彻底乱了套。他怎么能确保这次不会引发更不可收拾的局面呢？

之前那个鼓舞人心的计划——通过证明梅琳达的错误，进而说服她相信浣熊猎人是对的，这一重建猎人信念的办法在哈奇眼里似乎有些黯然失色了。梅琳达还是没有来，哈奇开始希望她不会来了，正当他觉得这个希望有可能实现的时候，梅琳达却突然来了！

她今天穿的装束跟上次一样，只是上次她只穿了一件 T 恤，而这次却套了两件。然而就算怎么改变装扮，也变不了她是女孩这一事实。哈奇心想：就算梅琳达穿上她爸爸的熊皮大衣，看起来也还是女孩的模样。

他询问道："你去哪了？"

梅琳达说："没去哪儿呀，哈罗德，我准时在黄昏时分来到了，又没有迟到。"

"你迟到了！"

梅琳达说："你真的是不可理喻！您说是吗，芒地先

159

猎熊犬

生？"她转向阿瑟问。

阿瑟说："我、我想——是的。"

哈奇狠狠地瞪了他那叛变的父亲一眼。他穿上外套，检查了一下口袋上别的手电筒是否卡紧了，然后一只手带上 A22 猎枪和猎熊时用的斧头，另一只手打着灯笼准备出发了。

"鸭脚猎犬已经走了，"他以责备的口吻说，"一只浣熊来偷我们的玉米垛，它去追捕了。"

梅琳达指正："这可不是我的过错，那我们一起去找它吧。"

"晨光在哪里？"

"当然是在外面了，哈罗德，我们应该把晨光带到你的玉米垛那里，方便它发现鸭脚猎犬的气味，然后我们顺藤摸瓜去找到鸭脚猎犬，你觉得怎么样？"

哈奇生气地沉下了脸，以此来表达他心里的想法。梅琳达的建议与他不谋而合，因此他没能给出更好的提议。

他说："快来。"

"让我带上一些东西。"

"我都带了，很快就会点起灯笼的。"

他们边说边往外面的门廊走去，这时晨光迎了上来。哈奇停下来察看了一下后继续向外走。现在它十分肯定鸭脚猎犬再次遇上了老乔，因为如果是一只普通的浣熊的话，在他所能看到的范围内，应该看得到它将猎物赶上树了。哈奇没有向后再看一眼就朝玉米地走去。

晨光开始在玉米地里寻找，没多久就找到了气味，然后直接往柳树河走去。它在搜寻路径的时候，一直非常安静，而当它发现气味时，就会突然飞奔起来。哈奇判断了一下它的方向。

梅琳达断言："它们又遇上老乔了，如果我们直接到它的梧桐树那边，可以节省很多时间。"

哈奇蔑视地不给予回应，因为他正有此意，梅琳达又刚好提出一样的建议。他只好默默奔跑起来，但不再自认为自己跑得像风或一头野鹿那么快，因为上次他正沉醉于这种想法的时候却被梅琳达来了当头一棒。但是他知道一条通往老乔的魔法树的捷径，那条路上有一片黑莓丛。

他打算闯过那片黑莓丛，于是举着那根 A22 猎枪，将斧头横放在他的胸膛上，并微微向前倾，将缠绕的藤条推开。当他听到后面的梅琳达好像快要喘不过气来时，幸灾乐祸地哼了一声，带头继续向柳树河奔去。

柳树河上有一根木头，是一棵松树倒了下来并横跨在一个浅水池上，刚好形成了一座小桥，除了涨水的日子，人们都可以利用它安全地走到对面去。哈奇将灯笼高高地举了起来，跳上了那根木头，有些手忙脚乱地保持着双脚的平衡。

晚上比白天要冷，因为他一路奔跑，所以没注意到气温已经降低了，也没想到这根木头会被冰霜所覆盖，但哈奇很幸运地稳住了，然后向河的对岸跳过去。从木头上下来，他继续往前跑着。

当时鸭脚猎犬正在老乔那棵充满着魔力的梧桐树下。不久晨光也来了，它来到鸭脚猎犬的身边。哈奇很惊讶，因为鸭脚猎犬之前一直在疯狂地吼叫，突然间，它的叫声变得像小狗一样温顺，而晨光的吠声里也带着颤抖。有女孩插足猎熊行动时，似乎连猎犬们都着魔了，但是不管怎么样，它们再次将老乔赶上了树。

来到梧桐树下时，哈奇发现两只猎犬在交替地对着树上吠叫，它们围着对方欢跳，好像欢跳比吠叫更为重要。哈奇脑海中突然闪过一丝疑惑：也许鸭脚猎犬没跑在晨光的前面或者两者都没到达老乔的魔法树会更好。

哈奇砍倒了一棵小树，他将树干上的树枝割了下来，比较粗的留作手脚攀爬时的支撑。经过一番努力，他终于将梯子架在了梧桐树上，然后将头转向梅琳达，现在到了跟她说明的时候了。

"你能跟在我后面往上爬吗？"他向她提出要求。

"好——好的，哈罗德。"

哈奇发现她的声音里多了一些以前没有的东西，是一种不属于她的不自然的颤音。哈奇将灯笼高高地举起来,然后转过身来看向她。只见梅琳达的帽子不见了,她本来很漂亮的黑发此时正紧紧地贴在她的头上,她的衣服湿淋淋的,原本红润的嘴唇冻得发紫,牙齿在不由自主地打战。她年轻的脸颊上还有几道黑莓藤留下的划痕。

哈奇惊讶地问:"到底发生什么事了?"

"当我翻过那根木头的时候,我掉进池塘里了。"梅琳达声音里充满了歉意,"对不起!"

"你抖成这样子,怎么能爬上去?"哈奇故意为难她,"你可能会掉下去,而我可不想到时将你从这里抬回去。让我来帮你取暖吧。"

他解开她那湿透了的夹克,并从她发抖的肩上脱了下来,与此同时他打开自己的外套,紧紧地拥着她,用自己的外套包裹着他们两个。顿时,一阵电流袭遍他的全身,周身仿佛被一股暖流围绕着,让他感到无比舒适和温暖。

哈奇用双臂拥抱着梅琳达,目光往下看向她那仰起的小脸。淡淡的星光照亮了她的脸颊,显得非常柔和。

"我现在很暖和了,哈罗德。"

"还不够暖和。"哈奇说,他震惊地发现竟然有比寻找浣熊的窝巢更能令他快乐的事情,"我再帮你焐一焐。还有,叫我哈奇,好吗?"

"我们不是要爬上去找老乔的窝巢吗？"她羞怯地问。

"最好别在今天晚上，"哈奇说；他已经决定暂时放弃继续猎捕老乔，"现在最重要的事是要让你暖和起来。以后还会跟我一起猎熊吗，梅琳达？"。

"我觉得希望不大，哈奇。"她不安地说。

"为什么？"哈奇慌乱地问。

"理由很简单，我不能经常跟一个连玉米都懒得帮他爸爸搬的男孩出去玩。"

"我会将它们搬进来！"哈奇慌忙向她保证，"在它们被剥了皮整整齐齐地摆放在屋子里之前，我不会再去猎熊！这样可以了吗，梅琳达？"

"哎呀，哈奇！"

"可以了吗？"

"嗯——嗯！"

哈奇突然想起来，凯比小姐在科里皮山上的据点太坚固了，想驱逐她简直是天方夜谭，那就让一切都顺其自然吧。在未来的几年里，老乔仍会在柳树河一带徘徊，猎犬贝苏的后代也会继续追捕它，而芒地家族也将顺着猎犬的指引在后面追赶。没有什么能阻止它们日复一日地延续下去。

哈奇有这样的预感。